Matt《マット》

岩城けい

集英社

Matt
目次

Matt

「黄色い星ですって。なんですか、そんなもの。それで死んだりはしませんよ……」

――エリ・ヴィーゼル『夜』（村上光彦訳）より

TERM 1

（一学期）

「そっち、いま何時？」

六時っておれは答えた。図書館で「ホームワーク・クラブ」に出て宿題をすませて帰ったら、この時間になった。東京は四時のはず。なんでこんな時間にもう家にいるんだよって訊《き》くと、今日は昼から講義さぼっちゃった、とか言う。そんなんで大丈夫なのかよ、っておれが口を尖らせると、べつにー、あー、もう二月？　就活、うざいー、って姉貴は唸《うな》った。

前だったら、スカイプしてくるっていったら必ず母さんだった。しょっちゅう、おれに何食べてるの、学校はどう、ちゃんと生活できてるの、とか訊いてきて、父さんとも喋ってた。でも最近になって、病院でフルタイムで働いて帰りが遅いし、時差があるし（たったの二時間、サマータイム終わったら一時間）、こっちとタイミングあわないって言い出した。で、かわりにって言ったらなんだけど、姉貴がときどきスカイプしてくるようになった。

「それでどうなのよ、お父さん？」

ヤバいんじゃねえのかな、っておれは制服のネクタイをゆるめながら画面に向かって返事した。パソコンの画面の向こうでは、姉貴が長い髪の毛の先をくるくる指先に巻き付けながら、あの二人、いいかげんにしてほしいわよね、こんなふうに子どもを使わないでよ、ってため息をついた。

「直接しゃべりたくないんじゃねえの？」

ちょっとぉ、ハッキリ言わないでよ、遠慮ってもんがないの、あんたは？　って姉貴があきれた顔になる。だってそうじゃん、正月そっち帰ったときだって、なんだよ、あの空気？　おれはブレザーを脱いでエプロンをつけると、シャツの袖をまくった。

毎年、年末年始に日本に帰らされるたび、父さんと母さんが大ゲンカするっていうのには、姉貴もおれも、もう慣れっこになっていたけど、だんだんとやらなくなって、今回は夫婦ゲンカゼロだった。父さんは日本に着いたとたん、自分一人で九州のじいちゃんちに行ったきりで、三鷹《みたか》の家にほとんどいなかったし。母さんも大晦日まで働いていた。ま、阿佐谷《あさがや》のおじいちゃんのお墓参りと、正月二日の阿佐谷のおばあちゃんちの集まりにはいつも通り、家族全員揃って出かけたけど、なんだかなぁ、って感じだった。そういえば、夫婦ゲンカもなかったけど、姉弟《きょうだい》ゲンカっていうのも今回はやらなかった。おれ、日本に遊んだり喋ったりする友だちとか知り合いとか、もう、ぜんぜんいないし、やることなくてヒマでヒマで。なので、姉貴がバイトから帰ってきてしゃべりかけてきたりすると、なんだかんだ言いながら楽しかった。ちょっとぉ、あんた図体ばっかかデカくてジャマなのよ、とかなんとか言いながら姉貴がメシ作ってくれて（これがけっこう旨かったりする）、おれが姉貴の英語の宿題やってやったり（短大の英語って、ああいうもんだったんだ、ある意味スゲエわ）、姉貴のマンガを読んだり（女って隠れてあんなマンガ読んでるのか、男のよりエロいじゃん）、姉貴とコタツでテレビ見たりゲームしたりケーキ食べたり（やっぱコタツいいよなー、どうにかして、こっちに持って帰れねえかな？）。元日も、「真人《まさと》、あけおめ！　ね、初詣、行かない？」とか言うので、待てよ、ふつう、その歳だと男と行くだろうが、弟を誘うかァ？　って言いそうになったけど、むっつり黙ったままの父さんと母さんと雑煮食うだけで、なんか餅がノドにつまりそうになった。ま、こんな家にいるよりまだマシだって思って、姉貴と出かけた。神社で、おみくじ引いたら、「大吉」じゃなくて「吉」だった。姉貴が「神様のケチ！」って言いながら、木の枝に結んだんだったっけ。

「あのふたり、メールもラインもしてないのかな？」

画面のむこうで姉貴が爪にヤスリをかけながら、なにげなく訊いてきた。

「母さん、おれにはメール、毎日のようにしてくるぜ」

「なに、それ？　お父さんにはしてないってこと？」

「知らん」

キッチンに移動したので、むこうでは画面からおれの姿が消えたらしい。今夜はなに作るの、って姉貴が大声出しているのがきこえた。「Omelette《オムレット》」っておれが大声でこたえると、もお、またぁ、英語使うんだからー、カンジワルイー、オムレツのことでしょー、ってブツクサ言ってる。カンジワルくて悪かったな、ここでは「Omelette」は「Omelette」なんだよ、そっちこそ、英語をいちいちキモいニホンゴに直すな、一応英文科なんだろ、って言いかけてやめる。言ったってどうせわかりっこない。

「真人！　真人ってば！」

めんどくせえな、母さんそっくりだ、って思いながら、ボウルをキッチン・ベンチの上に置くと、フライパンを持ったまま、だらだらとパソコンの画面の前まで戻る。

「お母さんがまた服とか下着とか送ろうかって言ってるんだけど、真人、いる？」

いらない、っておれはなるべくふつうに答えた。何回言ったらわかるんだろう？こっちにもそんなもの、山ほど売ってる。知ってるくせに。でも、母さんはいまだに、日本のが一番だってイバる。タオル（こっちのは吸水性がない上にゴワゴワしてるって言う）とか、靴下（こっちのはゴムがすぐダメになるってバカにする）とか、電池（こっちのはまるで鉄クズだって笑う）とか、キッチン用のラップ（こっちのは使いにくいったらありゃしないって怒る）とか、ボールペンとか消しゴムとかノートまで（文具は日本製に限るって自信マンマン）、もうどうでもいいモノをいっぱい送ってくる。タオルも靴下も電池もラップも文具も、それなりに使えたら何でもかまわない、こっちでも「Ｋマート」なんかでいくらでも買えるから、送らなくっていいって、何十回何百回言っても、まだ送ってくる。

「こっちにもユニクロも無印もダイソーもあるって」

そうなんだー、じゃ、東京と変わんないわね、って姉貴がちょっと驚いた顔をした。おいおい、東京と同じわけねぇだろ、それに、日系の店で買い物する余裕なんて、今うちにはないんだよ、って言いかけてやめる。

「ね、さっきの話だけど、ほんとにどうなのよ、お父さんの仕事？」

おれたち家族が日本とオーストラリアで分かれて暮らすようになって、三年がすぎた。父さんは駐在の任期が終わるのと同時に会社を辞めた。いまはオーチャード・クリークの街中に小さなオフィスを借りて、中古車を輸入するビジネスをしている。はじめは、どこもこんなもんさ、とか言ってたけど、ここのところは前みたいに、大丈夫だ、子どもは関係ないって、おれの前で見栄張ることも、やせがまんすることもない。で、最近は、仕事の話をしたがらない。お金の話もしたがらない。夜遅く帰ってきて、だまってひとりで酒を飲む。父さんのあの姿みてると、おれも、学校の話とかするの、なんか一人で盛り上がって悪いかなって思って、わざと声をかけない。でも、次の瞬間には、自分が好きでビジネス始めたんだろ、いいかげん、なにいじけてるんだよって腹立ってくる。酔っ払うと、これまた愚痴っぽくなって、「真人、おまえは英語もうまいし、小学生のころからこっちにいるんだから、不自由ないだろう」とか言う。英語喋れて子どものころからこっちにいても、あんたが考えているほどラクじゃねえんだよ。今日だって、帰ろうとして駐輪場に行ったら、おれの自転車のサドル、泥だらけにされてた。すっげえ気分悪かったし、あとから怖くなった。ジェイクとキーランがぶつぶつ文句を言いながら、おれと一緒にサドルの泥を落としてくれた。

　ま、いままでも、何回かこういうことあったし。スカラー《スカラシップ生》だからかもしれない。このあいだ、一般数学《ジェネラル・マス》の試験でハイ・ディスティンクション《最優等》取れて、全校集会で表彰された。メリット・ポイントも十点貰った。他の科目はテキトーにやってるけど（英語なんか、いまだにＥ　Ａ　Ｌ《追加言語としての英語》で試験を受けている）、数学はもともと好きで、こっちにきてからしばらくのあいだは、問題の英語の意味がわからなかったり、答えがわかっても英語で説明できなかったりして、成績が悪くなったときもあった。でも、英語がわかりだしてからは、だんだんと元通り問題を解くのが楽しくなって、入学の時のスカラシップの試験でも算数がバッグンにできていた、ってあとで担任の先生からきかされた。で、七年生の時から、数学だけは八年生へ飛び級させてもらった。こっちは、得意科目はいくらでも飛び級させてもらえる。小学校のときは、英語できない転校生、アジア系、おちこぼれっていうので目立っていたけど、今通っているハイスクールには英語ができない留学生もふつうにいっぱいいる。理数系のクラスなんてなぜか半分以上、髪の毛が黒いアジア系、インド系、スリランカ系ときてるから、「おまえらみんな親戚か？」とか「アジア人の集会」って、からかわれることもあるくらいだ。だって、仕方ねえじゃん、アジア系の親に限って、子どもがテストでいい点数とれなかったり、ちょっとでも成績下がったりすると、この世の終わりみたいな顔するんだよなー。それから、ギリシャ系、イタリア系も、ラテン・アメリカ系、アフリカ系も、そこらじゅう、どのクラスにも何人もいる。で、いまは、スカラー、数学、で目立ってる。

「ねえ、どうなのよ？」

はっと我に返る。姉貴が画面に近寄っておれをまじまじと見つめていた。ちょっとドギマギしながら、テキトーなウソを考えたけど、なにひとつ思い浮かばなかった。父さん、あそこまで母さんの大反対を押し切って会社辞めたんだし、今さら、泣き言も言えねえだろうし、かといって、正月のあの雰囲気からして、苦しいとかうまくいってないとか、とても言えねえだろうし。相談したところで、母さんに例のあの調子で「だから言ったでしょ、そんなのムリだったのよ！」って、得意そうな顔をされたあげくキーキー言われたら、それこそ、面目丸つぶれだろうしなぁ……。ああっ！もう、ウソつくの、ほんとに苦手なんだよ……。おれは頭をかいた。

「おれ、このままワトソン続けられるかな、みたいな？」

うそ、そんなに困ってるのって、姉貴はつけまつげで重そうな目をバチッと見開いて、絶句した。父さん、いまは、スーパーマーケットでちょっとした買い物するのにも、クレジット・カードを使うし。ビジネス・ローンで銀行からお金も借りてるし。おれはワトソンにはスカラシップで通って、授業料は半額だけど、今年はそれも払えるかどうか、あやしい。学期ごと分割で支払っているけど、いつまで持つんだろう……。

姉貴は画面のなかでぼうぜんとしていた。姉貴の山女《やまじょ》（山岡《やまおか》女子学園のことだ）の短大の学費は、日本で積み立てていたお金を使ってるから心配ないって父さんは言っていた。おれのは？　っておそるおそる訊いたら、おまえは親孝行だからな、って力なく笑って、大丈夫だ、心配すんな、とも言ってた。姉ちゃん、っておれは声をかけた。

「母さんに絶対に言うなよ」

姉貴は返事しなかった。かわりに、真人、おいしいオムレツの作り方、教えてあげる、生クリームをちょっぴりいれるんだよ、私、絶対に失敗しない方法知ってるんだ、って、無理矢理テンションあげながら、タブレットを摑んで立ち上がった。

二月、おれはワトソン・カレッジの十年生になった。朝、玄関を出るときヘルメットを被ってスクール・バッグを背中に背負う。靴はドアの外に置いてある。うちに来る人は、玄関のドアの前に靴がずらーっと並べてあるのに最初ギョッとするけど、こっちの家で土足禁止にしたかったら、靴はここで脱いだり履いたりするのが一番便利だ。

ガレージに停めてあったチャリにまたがって、オーチャード・クリークの家を出発。去年まで電車とトラム《路面電車》に乗って学校に通っていたけど、今年から自転車通学に変えた。

ジェイクが一緒にチャリ乗ろうぜ、トレーニングになるし、って誘ってくれたのもあるけど、ほんとうは交通費を節約するためだ。家の前の坂道を低速で登って、坂のてっぺんからは一気に高速で駆け下りる。メインストリートにあるショッピング・センターを通り抜けて、途中、いろんな裏道を回りながら、トラムの銀色に光るレール沿いに大通りをひたすら突っ走る。最初のトラムストップを通過して角を曲がると、鉄格子と緑の生け垣に囲まれた敷地、レンガ造りの校舎の尖塔がいくつも見えてくる。

ジェイクが一緒の朝は、校門からつづく並木道に入ったところで二人揃ってラストスパートをかけて、広場の真ん中にある噴水の周りを一回りする。広場は六角形で、それぞれの角は教室棟、図書館、ホールなどに向かう石畳の小道につながっている。ジェイクの自転車のタイヤはおれのより一回り小さい。小学校ではカッコよくて女子に人気だったけど、いまはカッコイイっていうよりカワイイ。見た目も背丈も小学校のときとほとんどかわっていない。で、おれと喋るときは、ずっと上向かなきゃなんねえから首痛くなってくるとか言う。サッカーの試合でジェイクが活躍するたび、女子が「ミジェット《おチビちゃん》なのにスゴイじゃん」とか「なんかカワイイ〜！」って言うのを、なんだかなァ、っておれは思いながら聞いている。でも、今もやっぱり体動かすのも、サッカーも好きでたまらないらしい。で、今日みたいにジェイクが授業前にジムで筋トレとスイミングをする水曜日は、おれひとり、ダントツ一位で駐輪場へ突進する。

「マット!」

いつもの楡《にれ》の木の下で、キーランがおれに手招きした。黒いクルクルの髪の毛は頭のてっぺんでマン・バン《男のおだんごヘア》にしている。毎朝、おれたちはこの楡の木の下で落ち合って、教室に向かう。

「また、やられてるぜ」

ズシン、って胸に来た。昨日は自転車のサドルが泥だらけにされていた。今朝は自転車の前輪を突っ込むタイヤ止めに泥が擦り付けられていた。おれたちがヒソヒソやっていたら、楡の木のうしろでカップルがいちゃついているのが見えた。男の方は同じクラスのヘイミッシュ、女の方は学内チームのハウス《組》が同じカティーナ。キスしまくっていた。見ろよ、あいつら、ってキーランがニヤニヤした。駐輪場はオフィスのある事務棟のうらにあって、教室棟からも教員棟からも見えない死角になっている。なので、ケンカもイジメもコクるのもキスするのも、それから、それ以上のことも、それ以外のことも、やるならここって決まっている。おれがこんな嫌な目にあってんのに、朝からいちゃつくな、って腹立ってきたけど、キーランと目が合ったので、ヒヒヒって笑ってごまかす。キーランは前だったら、ああいうのを見てうらやましそうにしてたけど、ついこのあいだ近くの女子校の子と済ませてからはもう余裕。ＪＪはもちろん、もうとっくに済ませてる。ジェイクはどうだろう？　ジェイクのやつ、隠れて誰かとつきあっているらしいけど。

　ドロドロのタイヤ止めが目に入った。ジェイクがいつもやるみたいに「だれかに報告」する？　だれに？　今年の学年コーディネーターって、またシーハンだったっけ？　副校長だから、ナンバー・ツー《ウ○コ》って呼ばれている。それこそ、クソみたいに嫌われている。全校集会のときは、お立ち台から目に付いたシャツのボタンを留めてないやつとか、遅刻のレポートを出し忘れたやつとか、バスの時間に間に合うように授業を抜けなきゃいけないやつとか、自分の気に入らない生徒を手当たり次第に怒鳴りつける。みんなの前でさらし者にしたあと、「きみに質問があってね」って、やたら丁寧な言葉で擦り寄ってきて、ネチネチと粘着系のディテンション《居残り》をやらせて、最後にガン見で脅す。あり得ない。じゃ、今年のリーダー生とか？　ＪＪ!?　これもあり得ない。リーダー生に立候補したのは女の子受けしたかったからだし、女の子のことならあいつに真っ先に相談するだろうけど、これってあいつの専門外。そのあと一瞬、父さんの姿が頭をよぎった。うちの親って、こっちのスタンダードから見事にズレてるし。どうせ、恥ずかしい思いさせられるのこっちだし。……ダメダメ、あり得ねえっ。これが一番あり得ねえっ！　って、頭を左右に振った。

「な、どうする？」

黙り込んでいると、キーランが真顔に戻っておれに訊いた。ジェイクはシーハンに報告しろって言ってたな、っておれが答えると、「きみに質問があってね」って、シーハンの口マネをして、ブタのほうがマシだろ、あそこまで屈辱的なやり方で人のことをバカにするやつの気が知れねえよ、って苦い顔をしながら、ジェイクのやつ、ほんッとにチクリ《テリング》だよな、ってヘラヘラ笑った。ほら、仲のいいキーランだって、このリアクションだし。おれ、まわりから「テリング」だなんて絶対に思われたくないし。誰にでも、まるで家族に相談するみたいになんでも事細かく報告するジェイクのことを、みんなシスコン、マザコンってからかうけど、それはあいつが天然にいいやつだってわかってるからだし。

仕方がないので、自転車の前のタイヤを泥だらけのタイヤ止めに突っ込んだ。ジャリッて砂混じりの泥がタイヤにつく音がして、耳の中がザラッてして、おれのなかのどこかが擦り剝けた。始業五分前の予鈴が鳴った。

「ま、いいや。行こうぜ、点呼《ロール》ミスったらうざい」

ほんとにいいのかよ、ってキーランは不服そうにおれを見たけど、予鈴が鳴り終わるころには、数学メソッドだ、って慌てた。ポケットのスマホが鳴った。父さんのお下がり、毎月、三十ドルのプリペイドカードでリチャージ。

――マット・アンドウ（10B　クノール・ハウス）　数学基礎演習（ピリオド《時限》3　ゲリー・シュミット）　2時間後@西棟19番教室。

キーランのスマホも鳴った。ヤバい、ヤバい、ヤバいってキーランは画面に映った提出物リマインダーを覗き込むなり慌てた。

「マット、代数の宿題やってきたか？　見せてくれよ、頼むよ」

立ち止まってスクール・バッグからバックアップ用のＵＳＢを出すと、キーランに貸してやった。おれは昨日の放課後、ホームワーク・クラブから校内メールで提出してある。数学科の他の授業は十一年生のユニットをやっているけれど、この基礎演習だけは学年通りの十年生。一学年上の基礎演習を履修すると、キャンパスの移動に時間がかかって、次のピリオド４にあるＰＥ《体育》に間に合わなくなるからだ。ピリオド３までには返せよって念を押して、バレたらハウス・ポイントを引かれるからな、って付け加える。ＯＫ、わかってる、写したらすぐ返しに行く、おまえ、ピリオド１どこだ？　今年、何取ってた？　キーランがＵＳＢをブレザーのポケットに突っ込みながら訊いてきた。水曜日のピリオド１と２のダブル、得意な数学よりも待ち遠しい授業。

二度目の予鈴が鳴った。おれたちは、だまって駆け足になる。ズボンに泥が跳ねた。

「じゃ、あとでな！」


演劇《ドラマ》の授業は必ずウォーム・アップの体操、もしくはゲームから始まる。リラックスするため、らしい。キャンベル先生が「オモチャ箱」って呼ばれている段ボール箱をひっくりかえす。ペン、本、花瓶、クマのぬいぐるみ、オモチャの刀、リコーダー、車の模型、ハンカチ、時計、ジーンズ、ハンドクリーム、キャンディー、鍋、造花のひまわり……、いろんなものが床に溢れた。自分の名前のイニシャルで始まるモノを探せってことだった。おれたちはそれぞれ、床から自分の名前のイニシャルで始まるモノを拾い上げて、演劇室《ドラマ・ルーム》のステージの床に輪になって座った。

本日のウォーム・アップは「名前ゲーム」。学年の初めの授業とか、教育実習生が来たとき、それから今日みたいに新入りが入った日にするゲーム。このゲームをやると、みんなたいていニューフェイスの顔と名前を覚えてしまう。キャンベル先生は床に転がっていたリンゴを拾うと、上着を脱いで、ネクタイの先をシャツの胸ポケットに突っ込んだ。ゲーム開始の合図だ。手拍子が起きる。ワン・ツー、ワン・ツー！

「私はアレキサンダー、アップルのA、アップルを持っているアレキサンダー、A、私はアレキサンダー！」

ワン・ツー、ワン・ツー！　鼻息あらい。目ヂカラすごい。髪の毛全然ない。

女子が吹き出しそうになっている。アップルのAで始まるアレキサンダーは、生徒からは「トマト・スープ」って呼ばれている。怒るとまず顔が真っ赤になって、首にも伝染して、最後にツルピカ頭全体がトマトみたいになる。しかも、スープの缶詰みたいな苗字。先生のとなりにいたジェシカがおずおずと持っていたジーンズを片手でつまみ上げて立ち上がった。ジェシカは八年生で、まだまだトマト・スープの瞬間湯沸かし器状態になれていないせいなのか、もともと人前で話すのが苦手なのか、手も足も震えている。ワン・ツー、ワン・ツー！　私はジェシカ、ジーンズのJ、ジーンズを持っているジェシカ、J、ジェシカ！

おれの隣にいたやつは、手拍子しながら黙ってみんなを見ていた。こいつか、転入生って。おれも手拍子しながら、隣にあった見慣れない横顔をちらっと盗み見した。ビジュアル◎。新学期に入ってだいぶ経つっていうのに、選択科目決めきれなくて、まだあちこちの授業を見学して歩いているってみんなが噂している。でも十年生にもなって転校？　なんで？　もしかして、前の学校、退学になったとか？　よくいるじゃん、イジメたりイジメられたりして、新学期になるたび学校替わるやつ。それとも、本人のせいじゃなくて、親が他の親と揉めたりしたせいで、なんか居づらくなって、仕方なく転校するやつ。でも、こいつ、他州から来たらしいし。だったら、おれと同じで引っ越し？　……なんだ、こいつ、クラスは違うけど、ブレザーの襟に赤いバッジつけてるから、おれと同じクノール・ハウスか。ふうん、そっか……、クノール生なんだ。あとで、声、かけてやろっかな。

ルーの順番がくると、キャンベル先生は手拍子を続けたまま、おれたち上級生《シニア》に言った。

「シニアは自分の特徴をボディ・ランゲージで表しながら、歌うこと！」

「ええっ、そんなの出来ないッスよ！」

ルーがガーンって顔をして訴えた。ボートで鍛えたすっげえ肩幅している。スポーツをやる生徒でドラマもやるっていうの、かなり珍しい。おれもサッカーはやるけど、いまは地元のクラブで週一回だけ遊びでやる程度。それに、男子でドラマをやるっていうだけで、けっこう変人扱いされる。

「十年生で私のクラスを選択したってことは、本気でやる気なんだろ！　いまさら、ジュニア生と同じことやっててどうするんだ！」

ルーがあーあ、ってうなだれて立ち上がった。そうだよな、普通、十年生だとみんなもっと試験を受けやすい科目を取る。評価基準《クライテリア》も試験の点数とか、この課題を提出すれば何点とれるって、ユニットごとにはっきりしてるやつ。それこそ、数学とか。ま、十年生でドラマを選択するなんて、たぶん、点数のことなんか、まったく考えてない。ワン・ツー、ワン・ツー！

「僕はルーペット、リコーダーのR、リコーダーを持っているルーペット、みんなルーって呼んで！　R、ルー！」

ルーは持っていたリコーダーをオールに見立てて、見えない急流を下る。途中、ボートが転覆する。水の中で必死にもがく。いつものことだけど、ルーはコミカルな役をやらせると天下一品。こいつが『スージカル』の主役やったときは、大評判だった。笑いの渦が起きた。一気に緊張した空気がほぐれた。ワン・ツー、ワン・ツー！　ルーのとなりにいたブローディーが本を片手に立ち上がった。

「僕はブローディー、ブックのB、ブックワームなブローディー、ブローディーをどうぞよろしく！　B、ブローディー！」

ブローディーはステージに立つよりも台本を書くのが好きで、去年の学内プロダクション『フットルース』の台本は、こいつがオリジナルをアレンジしたもの。ブローディーは本を抱えたまま、メガネを鼻までずりおろして、こちらをみてニッと笑った。

つぎ、おれの番だ。白いマスク《仮面》を片手で顔に押さえつけて、そっと立ち上がった。

「僕はマット、マスクのM、マスクを持っているマット」

　マスクをつけたまま、ステージのまわりを兵隊のように行進する。マスクはつけるだけで、ほかのだれかになれる。自分がほどけていく。自分じゃなくなる。おれがドラマを好きなのは、別の人間になれるからだ。自分以外の誰か。なんで別人になりたいかって訊かれると、ちょっと困る。自分でもよくわからない。

「ワン・ツー、ワン・ツー！　僕はマット！」

　おれは、マスクを顔につけたまま、その場で立ち止まった。周りの手拍子はまだ続いている。マスクの下の、自分の顔を気にしなくてよくなったとたん、とつぜん体が動き出す。マスクをつけたまま、飛んだり跳ねたりした。こういうの、キャンベル先生にはいつもやりすぎるな、控えめにしろ、羽目を外すな、って言われてるんだけど。

「マスクを持っているマット！」

　おれは小走りになって、ステージの中央でジャンプした。

　ＯＫ、マット！　最後は私たちの新しい仲間《マイト》！　そうキャンベル先生に呼びかけられると、先生、僕もマットなんです、どうすればいいですか、って乾いた笑い声をあげる。いかにもグッド・フェラー《いいやつ》って感じだ。

「ああ、そうだった。じゃ、今回は特別に私から紹介しよう。マシュー・ウッドフォードくんだ。ダーウィンから来たんだったな？」

みんな、マットって呼んでくれ。もうひとりいるみたいだけど、おれは生まれたときからマットって呼ばれてるんだ、ってニコニコしながら他の子たちを見渡した。ジェシカなんか真っ赤になっている。ＯＫ、マット！　Ｙａ！　マット！　いいぜ、マット！　みんなが歓迎の拍手をする。同じ名前がクラスに何人かいるって、こっちではよくあることだ。呼ぶときは、フルネームで呼ぶか、苗字のイニシャルを名前にひっつけて呼び分けたりする。キャンベル先生も拍手しながら、ふたりのマットをその場で呼び分けた。

「じゃ、マット・Ａとマット・Ｗとするか」

その日は学年ごとのスケジュールと課題の説明だった。授業の終わりに、十年生だけが呼ばれて、ルー、ブローディー、マット・Ｗ、それからおれはステージに背をむけると、キャンベル先生を囲んで板張りの床に座った。

キャンベル先生の説明によると、十年生は十一、十二年生用の課題をアレンジした模擬パフォーマンスをやるってことだった。オーストラリアの歴史や人物をモチーフにした創作劇。

「まずはブレイン・ストーミングでアイデアや意見を出し合って。そのなかで、おのおのが共有できるものをテーマとしなさい。マインド・マップを書くのも、ひとつの方法だ。各自、即興のストーリーテリングやマイムなどで身体表現も確認しあうこと。リサーチ・ペーパー《調査書》の締め切りは三週間後。出典のリストを忘れないように。ストーリーボードと台本制作は、私の許可がおりてから」

おい、テーマ、なんにする？　って、ルーが言う。ブローディーがラップトップを開いて、とりあえず、去年のパフォーマンスをグーグルしてみようよ、他の学校はどんなことしてるのか見よう、って検索し始めた。そんな二人を尻目に、おれは壁の鏡を何気なく見た。ステージの反対側の壁は一面鏡になっていて、この前で歌やダンスの練習もやる。鏡の中で、もうひとりのマットと目があった。

授業終了のベルが鳴った。キャンベル先生がドアを開けた。みんな、いっせいに外へ出て行った。おれは先生に頼まれて「オモチャ箱」をステージ裏の衣装部屋に戻しに行った。クローゼットの下にオモチャ箱を片付けて振り返ると、マット・Wがドアの前に立っていた。おれをねちっこい目で見てニヤニヤすると、口の端っこをゆっくりゆがめた。こんどは顔全体が意地悪くゆがんだ。おまえ、マット・アンドゥとかいうんだろ、日本人《ジャパニーズ》？　って、真っ白な歯を見せて笑った。

「そうだけど？」

おれがそう返事すると、マット・Wは背中の後ろでドアを閉めた。おれの肩を思い切りつかんでそこへ叩きつけた。ネクタイを引っ張られた。ワイシャツの一番上のボタンがブチッて飛んだ。笑わせるな、さっきの、いったい何だよ？　マット・Wはおれの耳に口をつけるようにしてそうつぶやいた。

「マスクのM、マットト！　なんて、ふざけやがって。おい、おれが正真正銘のマットなんだよ！　おまえ、ジャップ《日本人》なんだろ！　ホントの名前なんていうんだよ!?　その顔でなにがマットだ！　名前にはふさわしい顔ってもんがあるんだよ！　F**k you!（フ＊＊ク・ユー！）」

「なんだと？　もういっぺん言ってみろ！」

「何回でも言ってやる、フ＊＊キン・ニップ《日本人》！　フ＊＊キン・ジャップ！　I hate Jap!（日本人は大嫌いなんだよ！）」

マット・Wの顔全体がまた意地悪くゆがみそうになったとき、ドアの向こうでキャンベル先生の声が聞こえた。

「なにしてるんだ、ドアを開けなさい！」

マット・Wはおれの両肩から両手を離すと、軽い身のこなしでドアをさっと開けた。日の光に溶けそうな淡い金髪が外からの光を跳ね返した。

「どうした?」

キャンベル先生のツルピカ頭がドアのすきまから現れて、その下の顔が訝《いぶか》しげにおれたちを見上げた。

「ちょっとあいさつしてただけです。ミスター・キャンベル、僕、先生のクラスに出たいです。履修してもいいですか」

ああ、もちろんだとも、きみはもう私たちのマイトだと先生はマット・Wに言うと、ドアから差し込む光の束を辿《たど》るようにして中から出てきたあいつとおれの肩をポンと叩いた。

「じゃ、また来週。ふたりとも」


ワトソン・カレッジでは生徒は入学時に四つのハウスのどこかに振り分けられる。遠足や研修とかの学年イベントはクラス単位で動くけれど、全校イベントはハウス単位。で、毎年、学年のはじまりのこの時期は、スポーツ・カーニバルに向けて、どこのハウスも応援旗を作ったり、ダンスの振り付けを考えたり、種目ごとの選手を決めたり、ブラスバンドの練習をしたりで忙しい。全校イベントのスポーツ・カーニバルはみんなでハウス・ポイントを一気に稼ぐチャンスだ。その他だと、試験で九十点以上を取るか、学外ボランティアに参加するか、音楽やスピーチのコンテストに出場するみたいなハウス生一人一人の地味な稼ぎ方になる。クラスは毎年クラス替えがあるけれど、ハウスは卒業までの六年間かわらない。入学時からキャンプやデイ・トリップに何度も一緒にいくので、ハウス・ミーティングでは学年もクラスも関係なく、まわりは全員知り合いだ。それに、おれたちみたいな十年生にもなると、必修科目《コア》が減ってほとんど選択科目になるので、朝ホームルームでロールとったあとは、クラスのやつらとはあんまり顔を合わせない。なので、クラスで友だちを作りそびれたやつなんかも、ハウス・ミーティングだと楽しそうにやっている。おれも、いまさら「運動会」かよ、だるいなー、とか思いながら、毎年気合いが入ってしまう。

スポーツ・カーニバル当日は朝から全校生徒が校庭に集まって、ハウスごとに日よけのテントを張った。応援ダンスのコスチュームを着た女子たちが、ポンポンを振って踊っていた。競技が始まると、あちこちで歓声が上がり始めた。

Go! Knoll boys!（行けぇ！　クノール男子！）
Come on! O'Toole!（突っ込め！　オトゥール！）
Chevalier! Yes! We can do it!（シュバリエ！　イエス！　やれるぞ！）
Hold on! Roache!（ガンバレ！　ローチ！）

ＪＪとおれは、一緒に長距離走に出た。坂道走っていたら、横腹痛くなってきた。おれがひいひい息切らせていたら、ＪＪが途中から歩き始めた。おれはＪＪをほったらかして走り続けた。いやーん、マティ、置いていかないでぇって、相変わらずふざけてた。きつい、おれも歩こうかなーってヘタレそうになったとき、トラックの脇で、おれたちクノール生を応援している彼女がちらっとみえた。そのまま一気にフィニッシュラインに駆け込んだ。

——YEEEEEES! Well done! Matt!

クノールの応援団が大声で叫んだ。息を切らせたままＪＪを待っていたら、会いたかったぜ、マット～！　わーい、キャッホー！　って、ヘラヘラ笑いながらやってきた。どこまでもふざけている。アホか、こいつは、って思ったけど、いつも自然体っていうか、そのうえ、救いようもないお人好しときてるし、ほんと気楽なヤツで、憎めない。

「あー、疲れた」

「あー、楽しかった」

マイト、よかったぜ、っておたがいに声をかけながら、おれたちがハイファイブをすると、女子が赤いポンポンを振り回しながら手を振ってきた。

――JJ！　JJ！　JJ！

JJはバンザイをしてみんなに手を振り返した。その手を目の上で庇《ひさし》にすると、校庭の反対側からネットボールの短いスカートを穿いた女子のグループがぞろぞろと歩いてくるのを指さした。こいつのこのビョーキは、入学時から変わらない。こいつとは入学オリエンテーションのハウス・ミーティングで知り合った。マットって呼んでくれって自己紹介したら、おれのことはJJって呼んでくれ、って言われた。本当の名前はジョン・ジェームズっていうらしく（今どきジョンなんてあり得ねえ、ジェームズもなんかオヤジみたいだ）、この化石みたいな名前で呼ばれるのが死ぬほどイヤだって言った。どっちもバイブル・ネームだし、呼ばれるたび賛美歌を歌われているみたいだ、とも。親は毎週教会に通うようなガチなクリスチャンで、ほんとうはクリケットしたかったのに、日曜はミサに連れて行かれて、おまけにオルター・ボーイ《祭壇係》までやらされて、教会と神様はもうたくさん。ＪＪの話を聞いていたら、こいつの気持ち、なんかわかるっておれは何度も頷いた。それ以来、ＪＪとおれはジェイクが仲良くなったキーランと合体して、しょっちゅう四人でつるんでいる。


　午前の陸上競技が終わると、ＪＪとおれは噴水広場にセットしてあるバーベキュー・グリルに向かった。おれたちはペアでランチタイムにバーベキュー《BBQ》の当番に当たっていた。そろいのエプロンをかけて、おれがトングで鉄板のうえのソーセージを焼いて、ＪＪが焼けたソーセージをパンに挟んで、たっぷりトマト・ソースをかけて、グリルの前で並んでいるやつらに配ることにした。ソーセージをまんべんなくひっくり返しながら、しっかり焦げ目をつける。ソーセージの焼けるにおいにつられて、女子のグループが集まってきた。こっちのＢＢＱは、肉も野菜も真っ黒になるまで焼く。うちの母さんが見たら、発がん性物質じゃないの！　って、大騒ぎしそうだ。

「マット、もっとシッカリ焼き入れなさいよ！」

「そんなの生焼け！」

「もっと、ってば！」

OMG!《オーマイガッ》　ハハハ！　Oh, No, Duh!《なんなのお》　キャハハ！　Ya joking!《ウソでしょー》　ギャハハ！　って、女子たちが大口開けて笑う。なんか姉貴がいっぱいいるみたいだ。

おれが新しいソーセージを鉄板に並べていると、パリスが友だちと来た。私にも、くれる？　って、おれを見上げた。青い目がうるうるしていて、首筋の金色の後れ毛がくすぐったそうに震えた。耳にかかった巻き毛の下で、金色のボタンみたいなのがキラキラ光った。男子も女子も、アクセサリー類はネックレスは一本、耳のピアスはスタッド《鋲》かスリーパー《リング式》、指輪は両手合わせて二個までって校則で決まってる。なんかそこらじゅうキラキラしてきて、クラクラしてきた。紙ナプキンが真っ赤になるくらい、JJにトマト・ソースをソーセージにかけてもらって、彼女はほかの友だちのところに戻ろうとする。ポニーテールのしっぽがぷるんと揺れた。……くっ、やべぇ！

「おまえ、完全にあの子にクラッシュ《イカレてる》かよ、バーカ！」

JJがニヤニヤ顔のまま、パリスの後ろ姿を見送る。

「おまえら、つきあってもうどれくらいたつんだよ？　今度はモタモタすんなよ！　さっさと済ませろよ！」

JJがおれの背中を思い切り叩いた。おれは鉄板ギリギリのところまでつんのめってしまった。それからおれの顔見て、奥手なんだよなー、おまえはって、エビみたいに体を二つ折りにして、ヒイヒイと息が止まりそうなほどバカ笑いした。JJはソーセージをひっくりかえしながら、いつものからかい歌を歌い始めた。

Matt and Paris sitting in a tree（マットとパリスが木のところに座っていました）
K.I.S.S.I.N.G（キスしちゃってる）
First comes love（最初は愛から）
And then comes marriage（それから結婚）
Then comes a baby in the golden carriage!（そして、金のゆりかごに赤ちゃん！）

「マットってば。パリス、もう待ちきれない、ねぇ、早くぅー」

ＪＪが片手でトングをパクパク閉じたり開いたりしながら、体をクネクネさせた。

「うるせえなっ！」

おれはＪＪの口を片手で塞いで、もう片方の腕でヘッドロックをかけてやった。そして、トングを持った片手を鉄板の上にぐっと伸ばすと、炭のように黒いソーセージをラックに上げた。

「おれにも、ソーセージくれよ」

顔をあげると、目の前にマット・Ｗがいた。ＪＪが、ＯＫ、何本？　ソースはどうする？　マスタードは？　って、マット・Wに訊いた。マット・Wはおれのことをゴキブリみたいに汚そうに見て、白い歯をずらっと見せた。なんで、こいつがここにいるんだよって思う。

今年はこいつのせいで、一番好きなドラマのクラスが一番うざいクラスになってしまった。十年生が四人しかいないから仕方なかったけど、ルーとブローディーとおれだけだったら、打ち合わせも楽しくやれたのに。いいかげん、テーマ決めて、題材のリサーチ始めなきゃなんねえのに、こいつ一人、生返事ばっかして、やる気あるんだかないんだかよくわかんねえから、なかなか進まない。リサーチ・ペーパーの提出日だって迫っている。そのうえ、おれの場合は、どの教科でもエッセイとかレポートを提出する前には、英語の先生のミセス・ルービックに文法のチェックを受けなきゃならないから、人より早くとりかからないと間に合わないのに。こいつ、他ではいいやつやってるみたいだけど、おれの顔見るたびに、ジキルからハイドに変わるって言うか、ジャップ、ジャップって、しょっちゅうインネンつけてきやがって、腹立つのを通り越して、不思議でたまらない。おれはこいつのこと全然知らないし、ほとんど、しゃべったこともないのに。

「こいつ、すげえ演技うまいんだぜ、こんなふうにさ」

マット・Wが、僕はマット、マスクのM、マスクを持っているマット、っておれのマネをしてニヤニヤ笑う。JJはドラマを取ってないから、なんのことかわからなくてきょとんとしていたけど、おれは腸《はらわた》が煮えくりかえる思いがした。

「おい、おれ、おまえに何かしたか？」

フン、ってマット・Wは鼻を鳴らすと、僕はマット、マスクのM、マスクを持っているマット、って今度はデタラメな節をつけて歌った。おれ、おまえと同じ名前で呼ばれるなんて、ゲロ吐きそうなんだよ！　そしてとつぜん、マット・Wのニヤニヤ顔が土気色《つちけいろ》になって、噛みしめた歯のぶつかり合う音とともに唇が細かく震えた。両目に炎がめらめらと燃え上がるのが見えた。

「うぜえんだよ、ジャップ！」

そのとたん、あいつの髪の毛に赤い泥が降ってきた。JJがあいつの後ろに回って、トマト・ソースの瓶を振り回していた。あっというまに、どこもかしこも、ソースだらけになった。JJは両手にソースを持って、ぴょんぴょんジャンプして、ケラケラ笑っていた。徹底的にふざけまくっていた。マット・Wがトマト・ソースだらけになってJJを追いかけ回した。おれはそのまま鉄板の前に棒立ちになった。

「マット！」

ＪＪの大声が聞こえて、鉄板に背中をむけて振り返ったとたん、あいつがいた。トマト・ソースだらけの腕でスポーツ・シャツの襟元を掴まれた。体がぐらりとなって、思わずグリルの端を掴んだ。鉄板の上で肘がじゅっとなって、大声が出た。

「Ow!」

ハウス・キャプテンのクーパーの姿が見えると、マット・Wはおれから離れて、なんでもないふりしてどこかへ行った。ＪＪが飛んできた。

「ひどい火傷《やけど》じゃないか！」

ＪＪはおれの肘を見るなり顔色を変えた。オフィスへ行こう、手当をしてもらえる、っておれを引っ張ったけど、おれはイヤだって答えた。なんでだよ、ものすごいことになってるぜ、それ……、ってＪＪはおれの肘を見つめたまま呆然とした。さっきからすげえヒリヒリするなとは思っていたけど、ＪＪにそう言われて、よく見たら、思っている以上にすごいことになっていた。

「オフィスに行ったら、シーハンになにがあったのか訊かれる」

おれはたまらなくズキズキしてきた肘を押さえて答えた。ナンバー・ツー？　あんなの、テキトーにまいときゃいいんだよ、って、まだおれを説得しようとするＪＪを、Get off! P**s off! F**k off!　って、おれは追い払った。大声で叫んだら、かさかさの唇のひび割れが切れた。血の味がした。ＪＪがそれでもめげずに、おれの腕を取ってオフィスに連れて行こうとした。おれはＪＪの手を振りきって、ＢＢＱの鉄板にトングを叩きつけた。

「ほっといてくれよ！」

「……わかったよ、気にすんな、マイト」

ＪＪが急に静かになった。ＢＢＱの鉄板を掃除しながら、がっくりと肩をおとして、自分の散らかしたトマト・ソースの瓶を片付けているＪＪを見ていたら、頭にきたとはいえ、「Ｇ」はまだしも、「Ｐ」とか、おまけに「Ｆ」まで使って八つ当たりして、ＪＪにめちゃめちゃ悪いことしたな、あんなふうに徹底的にふざけたのだって、おれのためだったのに……。I hate myself!（おれは自分が、大嫌いだ！）おれはこんな自分がイヤでたまらなくなった。

次の日には、痛みはなくなったかわりに、大きな水ぶくれができた。週末にサッカーをしたら水ぶくれが破けて、皮膚がめくれあがった。シャワーの中できれいに洗ったつもりが、よけいにグチャグチャになって、そこから汁が出てベトベトになった。父さんが赤い目をしょぼしょぼさせて、それ、どうしたんだ、って酒臭い息で訊いてきた。そんなことより、父さん、って、おれは言いかけてやめる。父さん、今月はまだ家賃払えてない。先週、集金日のはずだったのに、都合が悪いから来週にしてくれって電話かけてた。酒なんか飲んで、人の心配している場合か、って怒鳴りそうになった。

いや、なんでもない、とおれはなるべくふつうに答えた。

「だから、ちゃんと手当しときゃよかったんだよ、ホント、困ったちゃんだよなー」
「おまえのいないあいだにやった数学演習のテスト、みんな散々だったぜ」
「もう大丈夫なのか？」

ランチタイムにカンティーン《売店》の前で、ホットドッグを食べながらいつものメンバーとつるむ。今朝も全然食欲なくて、家からサンドイッチ《サミッチ》を作って来なかった。でも、こいつらと一緒にいるだけで、俄然腹減ってきて、ホットドッグのあとはソーセージ・ロールもオーダーした。

スポーツ・カーニバルのあった週明け、おれは高熱で倒れて救急車を呼ぶ騒ぎになった。その日の朝、風邪ひいたかな、頭痛いな、って思いながら学校に行った。ランチタイム、なんか気分がわるくて、いつものように、自分で作って持って来たサミッチが食べられなかった。夕方、体がだるくて、チャリを押しながらダラダラ歩いて家に帰った。夜、頭が割れそうに痛くて、ゲロ吐いて、ぶっ倒れた。父さんが救急車を呼んだところまでは覚えている。次に気がついたら、病院のベッドの上だった。バイ菌がそのひどい火傷から入ってる、ってドクターに言われた。そのまま五日間入院した。最初の二日間のことは、ほとんどなにも覚えていない。ナースが「お友達がお見舞いに来ていましたよ」って言ってたけど、だれが来てくれていたのかも知らなかった。退院の前日になって、ＪＪ、キーラン、ジェイク、それに、ベッドサイドに『The Hunger Games』のシリーズ本が何冊か重ねて置いてあったので、ロビーも来てくれたんだなってわかった。その本は必修英語の時間に見た映画の原作本で、図書館で探したけれど貸し出し中だった。そしたら、ロビーが「おれ、全巻持ってる。貸してやるよ」って言ってくれた。ロビーは去年までおれたちのグループにいて、今年になって、十年生から十一年生に飛び級した。

病院から家に帰る車の中で、父さんがオフィスを引き払って家で仕事することにしたって言い出した。それをききながらおれは、みんなに明日学校で会おうぜって連絡した。「Cool!《いいね》」ってすぐにレスがあった。次の朝、制服に着替えようとして、ゲロのついたはずのワイシャツがいつのまにか洗濯してあるのに気がついた。一番上のボタンもつけなおしてあった。アイロンまでかけてあった。アナベルがやってくれた、って父さん。去年、大家さんのスタンレーおじさんが病気で倒れた。それ以来、おじさんの娘さんのアナベルって人が家賃を集めに来ている。シングル・マザーで、いつも小さい女の子を連れて集金にやってくる。

「じゃ、おれ、テスト受けなくて済んだってことだな？　ラッキー！」

「喜ぶのは早いぜ、マット。シュミットのやつ、もう一回テストやるって、すっげえ剣幕だったんだぜ」

キーランは肩をすくめて目を白黒させた。ＪＪがスマホを取り出す。マディソンからテキスト、らしい。スマホの画面に釘付けになってニヤニヤし始めた。

「おまえら、いったい何チャットしてんだよ、毎日毎日、あんだけいちゃついてて、そのうえまだ何しゃべることあるんだよ？」

どうせ、マディソンのヌードかなんかだろ、イヤラシイんだよ、おまえ！　って、キーランがドーナツを口にいれたままわめいた。こいつらの大騒ぎで、周りの女子がおれたちを振り返ってクスクス笑った。クノール生の女子グループ。アライザ、リアナン、ジェマイマ、シャキーラ、それから、パリス。「ハイ、ガールズ！」ＪＪとキーランが彼女たちに向かって笑いかけた。

――ハイ、ガイズ！　ハイ、ジェマイマ、調子どう？　スーパー・グッド！　ＪＪ、あんたも？　F**kin' good!　ね、フックレイに新しいライブ・ハウスできたんだ。フックレイ？　なんかヤバそうじゃん、行こう、行こう。ハイ、キーラン。ハイ、リアナン。あんた、MLアカデミーのニーヴ・サイコプラウスとつきあってんでしょ？　なんで知ってんだよ!?　キャハハ、あたしのイトコよ、彼女。You suck!　ハイ、アライザ。ハイ、パリス。ハイ、ジェイク。こんどはどこと試合するの？　テイラー《T》・ボーイズ《B》・グラマー《G》？　だったら、あたしたち応援行くわよ、男子校の男子ってボールより女子見てるじゃん？　Oh, bugger!　ギャハハ！　ハイ、マット。ハイ、シャキーラ。もう大丈夫？　かなりゾンビってた？　復活！　だったら、今度の週末、新しいライブ・ハウスに行かない？　ジェマイマの兄さんのバンドが出るんだって。マティ、ギターやるでしょ、Dude?　やるけど？　ボーカルはやんないの？　Nay!　なんでよ？　去年の『フットルース』、あんたの歌、すごくよかったわよ！

「マット、これ、預かってたんだ」

女子のけたたましい笑い声をよそに、ジェイクはミート・パイをぐっと呑み込むと、片手で抱えていた紙の束をおれに渡した。提出してあった英語のレポート。ジェイクがためいきをついた。

「おれ、あの本、ほんとに全部読めるかなァ」

おれは片手でホットドッグを口に押し込んで、もう片方の手でレポートを持った。「The boy is sent with his family to the concentration camps.（少年は家族とともに、収容所へ送られてしまいます）」、っておれが書いた文章を、ミセス・ルービックの赤ペンで、「The boy and his family are to be sent to the concentration camps.（少年は……送られることになりました）」と訂正されていた。あいかわらず、超基本的な間違い。なんで直らないんだろう？　自分に腹立ってくる。こうやって間違いを訂正されるたび、慣れっこになっているはずなのに、以前よりもっとひどく落ち込んでしまう。

「マット！　できたわよ！」

カンティーンのおばさんにマイクで呼ばれた。温めなおしてもらったソーセージ・ロールを取りに行く。ナイフで半分に切ってもらった。ジェイクに半分渡す。サンキュ、って、ジェイク。おれはこいつには遠慮しないし、こいつもおれには遠慮しない。他のやつよりつきあいが長いっていうのもあるけど、やっぱ、ジェイクはおれのベスト・フレンドだ。ジェイクはおれとならんで壁にもたれると、おれ、ああいうの、あんまり知りたくないんだよな、って両腕を組んだ。

「知りたくないって、何を？」

だからさ、収容所とか、戦争とか、大量殺戮《さつりく》とか、ってジェイクはぼそっと言って、ソーセージ・ロールを片手に持ったまま、校庭のほうを見た。

「おじいちゃん、おれたちには、そういうこと、絶対喋らないしさ」

おれはジェイクのおじいちゃんが大好きだ。詳しいことは知らないけれど、ジェイクのおじいちゃんはオランダ生まれで、戦争の時にはユダヤ人だからっていうだけで、例の収容所に送られたらしい。もうすぐ九十歳になるという。いつもニコニコしていて、すごく、すごく優しい。おれだけじゃなくて、ジェイクも、ジェイクの姉さんたちも、ジェイクの父さんと母さんも、すごく、すごく優しいおじいちゃんのことは、すごく、すごく大事にしている。おじいちゃんが話したがらないことなのに、ああいう本読まされるのってさ、なんか盗み聞き、盗み見してるみたいでさ、ってジェイクは黙った。

「おじいちゃん、ああいうのはもうたくさんだ、話してみたところで、おれたちに悲しい顔させるだけだって言うんだ」

あんなにいいおじいちゃん、他にいないぜ、っておれが言うと、だよな、ってジェイクはちょっと笑って、おれ、もう腹一杯だぜ、って気を取り直したように、ソーセージ・ロールにかぶりつくと、「サンキュ、マット」って、照れくさそうにおれを見た。「ノー・ウォーリーズ《どういたしまして》」っておれは返事した。ジェイクには遠慮しなくていいから、返事はバンバンこれで済ませてるけど、この言い方、おれみたいなやつが使うと、イヤミに聞こえるんじゃないかって思って、ほかのやつには使わない。おまえみたいなやつが、おれたちのマネすんな、みたいな。むかし、九州のじいちゃんのところへ夏休みに遊びにいったとき、しばらく泊まっていると、じいちゃんばあちゃんの言葉がうつったことがある。いとこや近所の子たちが、そんなおれのしゃべり方をきいて、大笑いしていた。「マサトがおれたちのマネばするばってん、おかしかぁ」って。あれと同じ、っていうか。

「おまえ、サッカーやめるってホントかよ」

ジェイクがおれの顔を見ずに訊いてきた。ああ、っておれはなるべくふつうに答える。週末のサッカーはずっと続けていて、ハイスクールが終わるまで、っておれも思ってた。

「ごめんな。でも、おれ、週末はバイト始めたいんだ」

父さん、昼は家で仕事して、夜はジャパニーズ・レストラン《ジャパレス》でキッチンハンドとして働き始めた。おれ、もう何ヶ月も、こづかいをもらっていない。

「バイトかぁー。おれも、そろそろ、プランA《将来の夢》じゃなくて、プランB《将来の計画》を考えなきゃいけないよな」

「なんでだよっ！」

おれがジェイクから聞いたこともないセリフに驚いて叫ぶと、ジェイクはおれの大声に驚いたみたいだった。十年生になってから、みんなプランAがプランBにかわりはじめている。キャリア・エキスポ《職業博覧会》なんかに連れていかれて、ゲンジツ見せられて、AFL《オーストラリアン・フットボール・リーグ》の選手になりたかったやつが配管工の見習いになるとか言い出したり。だんだん、あきらめはじめている。おれも、なんか最近、あきらめることに慣れてきたけど、こいつにだけは、そういうこと、絶対にしないでほしい。

「おまえ、サッカー絶対にやめんなよ」

ジェイクは両手についたパイ生地の粉をズボンでこすり落とすと、わかったよ、おれ、サッカーしかできないし、姉さんたちみたいに勉強もできないし、って、小学校のころから変わらない馴染《なじ》みの笑顔でおれに笑いかけてきた。おれたちはソーセージ・ロールを同時に呑み込むと、ハイファイブした。


その日、おれは家に帰ると、入院中の五日間のブランクをキャッチアップするために、ソファーに寝転がって、学校の購買部で買った中古のボロボロのテキストを開いた。おれの場合、英語でも日本語でも、どっちの言葉でも字を読むのが先で、話はあとからついてくる。でも、この本、字と話が同時に飛びだしてくる。

語り手は家族とともに収容所に送られた十五歳の少年。歳をいつわり、職業をいつわり、焼却所行きから逃れたものの、そこで最初に見たのは、赤ん坊や幼児たちを焼く巨大な炎。

「この煙のことを、けっして私は忘れないであろう」

印刷の文字が、声になる。長い文章、短い文章が呼吸になる。おれのパルス《脈》は駆け足になる。

「私の信仰を永久に焼き尽くしてしまったこれらの炎のことを」
「この夜の静けさのことを」
「私の〈神〉と私の魂とを殺害したこれらの瞬間のことを」
「けっして私は忘れないであろう。けっして」
「きっと夢なのだ」

少年とともに「鉄の門」をくぐると、胸の動悸がドキンと止まった。窓の外を見ると、あたりはすっかり暗くなっていた。キッチンの窓枠に鉄の刺が生えた。そのむこうに、街の灯のさいごのひとつ、家のあかりのさいごのひとつ、それら光という光を、底なし沼にしか浮かび上がらない黒のなかの黒で、おそろしくていねいに塗りつぶしながら、無邪気で無情な夜が、ひたひたと迫ってきた。本のページに視線を戻すと、紙の表面を手のひらで一撫でした。おれの指の下で、アルファベットが哀しい息をつくのがきこえた。ページをめくる。いままで光の当たっていた表側が陰になる。

「アウシュヴィッツ」

読み終えたページの端っこを三角に折り《ドッグ・イヤー》曲げると、本を閉じた。

水曜日の朝、ドラマ・ルームに入るなり、大変だったらしいな、マット・A、ってキャンベル先生が声をかけてきてくれた。

「もういいのか？」

「ぜんぜん大丈夫です」

そうか、それじゃ、早く進めなさい、きみたち十年生の創作劇をワトソン・デーで上演することに決まったから、って言われる。

「マット！」

後ろにあるテーブルのひとつから、ルーとブローディーがおれに向かって手を振ってきた。ふたりの隣でマット・Wが足を組んで椅子にすわっていた。あいかわらず、おれの前ではふてぶてしい。もとはと言えば、こいつのせいで火傷したんじゃねえか、って、おれはテーブルにつくなりいきなり腹が立った。

「な、おまえ、本当にドラマやる気あんのか？」

マット・Wに、おれはなるべくふつうに言う。

「ないね。試験、簡単そうだから取っただけだよ。おれ、今年で学校終わりだし。大学なんか行かねえし」

義務教育は一応、十年生までということになっている。そこから先は、みんなそれぞれだ。ＪＪはケーキ職人になりたいので、今年でワトソンは終わりにして職業専門学校に行くか、レストランで下働きから始めたいってことだけど、親に十二年生まではやっておけって反対されて、ここんところ、すっげえ揉めているらしい。キーランは以前だったら、十年生までさっさとやめて、兄さんと同じように軍隊に入るんだって息巻いていたけれど、その兄さんがアフガニスタンでの任務から帰ってきてから考えが変わって、今は警察官になりたいらしい。特に連邦警察に入るんだったら、大学を出ておいたほうがいいだろうってことで、進学希望。ジェイクはプロのサッカー選手だと思うけど、このあいだ、あんなこと言ってたしな……、おれ、どうしようかな……、数学は得意だけど……。数字は誰にでも平等だし、絶対にえこひいきしない。言葉なんかとは大違いだ。で、数字を使うんだったら、父さんみたいにエンジニアもいいかなって思ってたけど、今の父さん見ていると、もう、なんだかなぁ……、大学にも行ってみたいけど、おれんち今、そんな金、なさそうだしな……。

「オーストラリアをテーマにするって、たとえばコンビクト《四人》とか？　移民船とか？」

「アボリジニ？」

「キャプテン・クック？」

「ネッド・ケリーなんかどう？」

オーストラリアって開拓されて二百年くらいしか経ってない国のせいか、毎年、歴史の時間には同じことをさんざん習う。アボリジニのアートの塗り絵みたいなのも何回もやらされた。SOSE《社会科》の時間、移民船の模型みたいなのを博物館に見に行った。

「キャプテン・クックの家」は遠足でフィッツロイ・ガーデンに行ったとき、見た。ネッド・ケリーのデスマスクは旧メルボルン監獄に行ったとき（これも遠足）見た。

「おまえら、なんか忘れてるだろ？」

マット・Wがボソッと言った。その口元には、冷たい笑いが浮かんでいた。

ルーとブローディーが、他になんかあるか？　って不思議そうな顔をした。

「忘れてるって、何を？」

おれが、あいつに訊いた。マット・Wが、ゆっくりとおれのほうに向き直った。振り返りざま、その唇を一瞬でめくりあげて、両端に獣のような尖った歯を見せた。

「おまえ……、ほんとに何にも知らないんだな。ここのことも、自分の国のことも？　だから、そんなふうに、しゃあしゃあと「ボクは日本人です」ってやってられるんだ？　自分の顔、鏡でみろよ、この恥知らず！　人殺し！　おれのじいさん、ジャップに人生台無しにされたんだ！」

マット・Wは、悔しそうに歯を嚙みしめた。丈夫そうな顎がぎしぎし鳴った。立ち上がって、おれのことを見下ろすと、なんにも知らねえやつには、このおれがぜんぶ教えてやる、おれは、じいさんにこんな小さいガキんときから繰り返し教わった。まるで子守歌みたいにな。

「おまえらジャップはな、だまし討ちみたいな汚ねえやり方で、おれたちの町をメチャメチャにしやがったんだ！　おれのじいさん、いまじゃ、朝メシに何を食べたかも忘れるけどな、おまえらのやったことは未だに全部覚えてるんだ！　ジャップのやつらは人間じゃねえ、害虫だって、メシ食うみたいに、毎日毎日、今でも言ってるぜ！」

ベルが鳴った。ほかの生徒たちは、グループごとにまだまだ盛り上がっていた。おれたちのテーブルだけが、水を打ったように静まりかえっていた。ルーもブローディーもおれも、それからあいつも、頭の中で言葉にならない言葉をかき回している。沈黙ほど、おしゃべりなものはない。それでいて、言葉にしようとして言葉にならない、聞こうとしても聞こえない、声にならない声、最強のセリフだ。

「おれにオーストラリア兵の役やらせろよ、ジャップに爆弾落とされてぶっとばされる役、ジャップの兵隊につかまって虫けらみたいに扱われて働かされて死ぬ役！　おれのじいさんとひいじいさんの役！」

クラスじゅうがあいつのことを振り返った。キャンベル先生がやってきて、どうした、っておれたちに訊いた。

「なんでもありません」

マット・Ｗがパーフェクト・スマイルで答えた。おれがいないところでは、いつもこんな感じらしい。おれも、なんでもありません、ってあいつと同じことを言った。ルーが口を開きかけて、閉じた。いつも滑稽な彼のしぐさも、このときばかりは哀しいピエロにしか見えなかった。もともとスック《弱虫》なブローディーときたら、脅えた顔をして、伏せた目が泣きそうになっていた。キャンベル先生はしばらくの間、おれたちを訝しげに見ていた。先生は何度もおれたちにどうしたんだって訊いてきたけれど、おれたちが黙り込んでしまったので、為《な》す術《すべ》ないって感じで行ってしまった。マット・Ｗはドラマ・ルームを出て行った。ルーとブローディーとおれは、やっとそこで顔を見合わせた。

「マット、大丈夫か？」

「あいつ、ちょっとヤバくない？」

ルーもブローディーもおれのことを心配そうに見ていた。

「てか、あいつもヤバいけど、そういうテーマもヤバいんじゃねえの？」

「ＷＷⅡ《第二次世界大戦》のこと言ってるんだろ？」

いつのまにか、ルーとブローディーが言い合いをはじめた。目の前に正真正銘の日本人がいるのに、普通、そんなこと、わざわざ話題にするかよ？　でも、あいつ、ダーウィンから来たって？　あそこ、ＷＷⅡのとき、日本軍にズタボロにされたんだろ？　しかも、いきなり？　ひってえ話だよな。じゃあ、仕方ねえんじゃねえの？　じいさんがどうのこうのとか言ってたし？　おれのグラニー《おばあちゃん》だって、父親の顔知らないって。戦争に行ったまま、帰ってこなかったんだってさ。ジャップに捕まって、殺されたんだ。げっ、マジかよ、それ？　なんかすごくね？　グラニー、おかげでいまだに日本車には絶対乗らないし、日本食も全然ダメなんだわ。どっちも見るだけでムカムカしてくるってさ。へぇ、そうなんだ？　だけど、いつの話だよ、あれって？　あぁ、でも、そんなもんかもしれないよな……、だって、とにかくすごい嫌われてたんだろ、日本人って。おれのおじさんもサムライの刀が大好きで、若いとき日本に旅行に行ったことあってさ、帰って来たら、みんなに、よりによって日本？　よりによってジャップ？　って、白い目で見られたって言ってたよ。まるで犯罪人になったみたいだったってさ。げっ、たまんねぇよな、それ。でも、何十年も前だろ？　だよなー。なら、マットに関係ないじゃん？　どっちのマットだよ？　えーっと……。

ふたりがおれをちょっと見て、仕方なさそうに肩をすくめた。

図書館の窓から、緑の芝生に覆われた校庭を眺めた。校旗、アボリジニの旗、そしてサザンクロス《南十字星》のオーストラリア国旗が並んではためいている。三つとも、同じ方向に仲良く揺れている。

むかし、この国にはたくさん囚人が送られてきた。コンビクトっていっても、その昔ここに送られてきたコンビクトは、それこそジャン・バルジャン系のパン一切れ盗んだような人ばっか。二十ドル札に印刷されている偉人マリー・ライビーだって元囚人。キャプテン・クックがオーストラリアを発見して、最初の艦隊《ファースト・フリート》がやって来たのはその少しあと。ネッド・ケリーは義賊のヒーロー。「フェデラライゼーション《連邦化》」があって、いまは、世界中からの移民で成り立つ多国籍多文化主義国家——その他にも、この国、まだなにかあったんだ？

キャンベル先生にはいつも、調べ物は最終的には紙で確認しろと言われているから、おれはその日ホームワーク・クラブが終わったあと、図書館のコンピューターに「オーストラリア」「日本」って打ち込んで検索した。何冊かのレファレンスブックがヒットした。その中のWWⅡの本をレファレンス書架まで取りに行った。あいつのキーワード「オーストラリア兵」「ジャップの兵隊」「爆弾」「人殺し」が載った本は、人があまり行かない場所においてあるに違いない。棚から本を引き出すと、窓ガラス越しに差し込んだ夕日に細かいホコリが生き物みたいに舞い上がるのが見えた。

「英米を含む連合国軍」「日独伊による枢軸国」「オーストラリアのパール・ハーバー」「戦争捕虜《POW》」「日本に対する憎しみ」。

いきなりかよ、って怯《ひる》む。さらに読み進めると、尖った単語が画鋲みたいにびっしり埋まっていた。例えば、「一九四二年二月十九日、日本軍によるダーウィン攻撃はまさに「青天の霹靂《へきれき》」のごとく」とか。「真珠湾よりも多くの爆弾を落とした」とか。「太平洋戦争の間に、約二万二千人のオーストラリア人が日本軍の捕虜となった」とか。「タイ・ビルマでは鉄道建設のため、連合国軍捕虜が一日十八時間、まんぞくな食事も与えられず、日本軍の監督下、罵倒され、殴打されながら強制労働させられた」とか。「結果、二千六百人のオーストラリア人捕虜が犠牲になった」とか。

ページをめくる。一枚の写真。おれ、この写真、どこかで見たことある……。「ダーウィンのオイルタンクから立ち上る煙と雲。最初の日本軍による空襲。一九四二年二月十九日」。泥のような波が胸で渦巻いてきた。小学生のときだったかな？　あのときは英語がよくわかんなかったので、授業で何やってるのかさえわからなかったけど、白黒のキノコ雲みたいな写真をみせられた。ジャパンって聞こえた。一瞬、九州のばあちゃんのことを思い出した。そのあと、クラス中がおれのことを振り返って、じろじろ見た。睨みつけてきたやつもいた。すっげえ居心地悪かったこと、今でもよく覚えている。これのことだったんだ……。

あとのページには、オーストラリア人捕虜の写真っていうのも載っていた。これが、人間なんだ……、まるで生ける屍《しかばね》。骨と皮、ぎょろっとした目。これと同じ目、同じ視線、そして同じ種類の憎しみをおれは見たことがある。まだ小学生だったとき、歯医者の待合室で会ったおじいさん。たしか、おれに何人《なにじん》だってきいてきて、おれが日本人、って答えたら、歯痛がひどくなったような顔をされたんだった。日本人、の一言で雷に打たれたみたいになって、誰かにあんな顔されたの初めてだったんで、よく覚えている。

捕虜の写真にもう一度見入る。すると、とつぜん、捕虜たちの口がゆがんで、もうひとりのマットの声が漏れた。「I hate Jap!」

……マット・Wのやつ、うるせえんだよ！　あいつのことだから、これ、ぜんぶ、このおれが、やったんだって言いたいんだろ？　たのむからジャップとおれを一緒にしないでくれよ！　おれがやったんじゃない、おれがやったんじゃないぞ！

そのあとも、Japanese, Jap, the Japs って本のなかに見つけるたび、「I hate Jap!」「I hate you!」って、ジャップが嫌いだ、おまえが嫌いだって言われている気がして仕方なかった。だんだんと、自分でも区別がつかなくなってくる。……おれ、今のいままで、こっちの学校に通ったり、みんなと「ミート・パイ」を食べたり、キャンプに行ったり、パーティーで騒いだり、MCG《メルボルン・クリケット・グラウンド》にフットボールの試合を見に行ったり、友だちの家にスリープオーバーで泊まったり、映画館とかライブ・ハウスとかクラブに出かけたりみたいなのも、ぜんぶぜんぶ、あたりまえみたいに思っていた。すっかり、こっちに馴染んでるって自分でも信じていた。でも、もしかしたらおれが楽しそうにしているの見て、まわりはみんなおれのこと、すっげえ調子乗ってるやつ、ノーテンキなやつ、ジャップのくせにって、あいつみたいに白い目で見ていたのかもしれない。「マサトがおれたちのマネばするばってん、おかしかぁ」って。おれって、もしかしたらすっげえオメデタイやつとか？　こんな恥ずかしい自分のこと、呪いたくなってくる。……I hate myself!　こんな自分、サイテー！

「What are you reading?（なに読んでるの？）」

真後ろにマユ・タチバナが立っていた。日本人の留学生。おれが学校では絶対に日本語を話さないって知ってるから、英語で訊いてきた。こいつも時々ホームワーク・クラブに出ている。まわりからは日本人同士仲良くやれよとか、いっそのことつきあえばとか、ひやかされるけど、おれは全然そんな気ない。第一、おれにはパリス・アトリルって子がいる。夏休みにレイジャー・プールでばったり会った。彼女も友だちと遊びにきていた。学校の外で会うと、なんかイメージが違った。水着姿だった、っていうのもあるけど。夏休みの終わり、おれからコクってつきあいはじめた。まあ、マユのほうでも「ここまできて、なんで日本人とつきあわなきゃならないのよ」ってことで、おたがいキョーミなし。マユに、日本とオーストラリアがむかし戦争してたって知ってたかって訊いてみた。

「I don't care.（私の知ったことじゃないわ）」

「Oh, it's just so cruel like hell seriously.（すごいぜ、いろいろと、まるで地獄だ、マジで）」

「So what? Not my business. I'm here to learn English. I will be going home soon anyway.（だから何？　私に関係ないでしょ。私、ここに英語の勉強にきたの。どうせ、もうすぐ日本に帰るんだから）」

「Fair enough. See ya.（いいんじゃねえの。じゃな）」

おれは立ち上がった。……What a B**ch!　いくら英語が喋れても、おまえみたいなシツレーでムシンケーな女とつきあう男なんか、ここにはいねえよ！　それにしても、帰るやつって、言いたい放題。なにが「日本人同士仲良くやれよ」だよ？　いい加減にしてくれよ！　同じ日本人っていっても、戦争のときのジャップとも、それから、今、おれの目の前にいるこんなやつとも、一緒にしないで欲しい。なんか、あいつだけじゃなくて、おれまで日本人が嫌いになりそうだ。日本人が嫌いな日本人なんて、シャレにもなんねえな……、だいたい、なんで自分の国の人間に、ここまで恥ずかしい思いさせられなきゃなんねえんだよ？　F**kin' s**t!

目の前の厚い本を閉じる。ばふっとページが重なる音がしたとたん、息苦しくなった。おれは本のしおりみたいに前にも後ろにも身動きできなくなった。

学校からの帰り道、家の前の坂道のてっぺんでチャリを降りた。風が強くて倒れそうになる。チャリを押しながらゆっくりと歩き出す。おれんちは坂の一番下。日が短くなった。薄暗がりの底に、闇が濃く吹き溜まっている。まるで奈落の底だ。

家の屋根が見えてきた。母さんがまだこっちにいたころ、母さんとこの坂道を歩きながら、こうやって家の屋根を見た。母さんは、おれを日本に連れて帰りたがっていた。でも、おれはこっちに残ることに決めた。ワトソンに行きたかったし。ジェイクみたいな友だちもいたし。だけど、また今日みたいなことがあって、もしも母さんにもう一度、日本に帰れって言われたら、今度はおとなしく帰るかもしれねえな、日本だったら、日本人ってあたりまえだし、日本人で困ることって全然ないじゃん。

でも、いま帰ったところで、「やっぱりあっち生まれであっち育ちだと、日本に合わせられないのよ」とか「帰国子女だしねぇ」とか「外は日本人で中はガイコクジン」とか、隼斗《はやと》みたいに、みんなからつまんないこと言われるに決まっている。隼斗は以前父さんが勤めていた会社の人の子どもで、生まれも育ちもこっちで、去年、八年生で日本に帰った。隼斗のやつ、今でも、おれにときどきメールしてくる。日本に行ってから、こっちにいたとき以上に親のことがうっとうしくてたまらない、らしい。あいつの親、こっちにいるときでも、家の前に「こいのぼり」を飾るような人たちで（おれだったら、そんなことされたら家出する）、補習校では役員をやっていた。大人たちは「教育熱心ねえ」「隼斗くんは幸せね」って、隼斗の親のことは絶賛だった。で、隼斗のやつ、ふだんは現地校に通って、週末には補習校と通信教育のダブルでガンバらされたおかげで、日本語も学年相当で追いついていたし、インターナショナルじゃなくて日本の普通の中学に転入した。でも、クラスのやつらに「ミスター・帰国子女」とか「バイリンガルって、英語読めても空気読めないんだ？　おまえ、ほんとにKYだよなー」とかイヤミたらたら言われるらしい。「おまえが英語ペラペラなのが羨《うらや》ましいんじゃねえの、おれたち、いつもそれでディスられるだろ？　だから気にすんな」って返信したけれど、隼斗のやつときたら、「Fluent at English? Don't they mean smashing at Japanese? English is my language! Anything wrong with me looking Japanese and speaking English? Yeah, they would treat me different if I was a HOT "HALF"! Racists!（英語ペラペラ？　日本語ペラペラの間違いじゃねえのか？　おれの言葉は英語に決まってんだよ！　日本人の顔して英語を喋ったら、何か悪いのかよ!?　これがイケメンのハーフだったら、チヤホヤするくせに！　あいつら、人種差別主義者《レイシスト》だ！）」ってキレて即レスしてきた。それから、オーストラリアで生まれて育っても、まわりからは日本人の子どもって思われていたし、親からも自分は日本人だって教えられてきたし、自分もそのつもりだったけど、日本に来てみたら、自分のこと日本人だって思ってくれるやつなんかどこにもいない、って。

　ひゅうひゅうと体の両脇を冷たい風が吹き抜けていく。風は前にも後ろにもなにも残さない。過去も未来も関係ない。風のしおりになれたらいいのに、って、おれは目を瞬かせた。

　坂の一番低いところ、家の前についた。玄関のドアを開ける。廊下の明かりが、ぱあっと夜道を照らした。

「Booo!《ばあーっ》」

目の前で栗色のカールがぴょこぴょこ跳ねて、滝のようにわっとおれに飛びかかってきた。集金日だったっけ、今日？　ちょうど火傷の場所を摑まれて、おれはとっさに腕をひっこめた。女の子が床に大きな尻餅をついて、大声で泣き叫んだ。父さんが現れた。大泣きしている女の子を抱き上げて、そのまま肩車する。今夜は酔っ払ってない。

「オ・カエリ・ナサイ！　オ・カエリ・ナサイ！」

父さんの肩の上で女の子はもう泣き止《や》んで、おれにそうあいさつした。

「Sweety, say it again, Okaeri-nasai not O-Kaeri-Nasai.（お嬢ちゃん、もういちど言ってごらん、おかえり・なさいって。お・かえり・なさい、じゃなくて）」

「Hm, Okaeri-nasai? Am I right?（え、オカエリ・ナサイ？　あってる？）」

「Fantastic! Good girl!（ファンタスティック！　いい子だ！）」

キッチンに入ると、アナベルがおれに遠慮がちに訊く。

「ラムのやわらかい肉を焼いたの、マット、好きかしら？」

アナベルがオーブンを指さした。ロースト肉をもらったんだけど、エイプリルと私二人だけじゃあ食べきれなくて、って、すまなそうな顔で笑う。黄色い光の中で、でっかい肉がてらてら輝いてた。それを見たとたん、猛烈に腹が減ってきた。

――おれ、あんな本読んだり、あんな写真見たあとで、腹減ったとか思うんだ？　思わず下唇を嚙むと、割れ目が裂け目になって、上の唇も下の唇も血でねばねばした。

――こんな血の付いた唇で、これからメシ食えるんだ、おれ？

「あら、ちょっと焦がしちゃったみたい」

肉の焼け具合をチェックするために、アナベルがオーブンのドアを開けた。灰色の煙が天井めがけて一気に這い上った。

――焼却炉の焦げた死体。今夜はおれの大好物。

奈落の底に秋の風が渦巻いて、暗闇でいくつもの人影になった。黒い人影は歓声と悲鳴をあげながら、手に手をとって、狂ったダンスを踊りはじめた。

おれ、こんな自分、大嫌いだ！　I hate myself!

TERM 2

（二学期）

四月、イースターの休み明け、家の前庭を通りぬけようとして、枯れ葉のあいだに蟬のぬけがらが転がっているのが見えた。背中の裂け目から、秋が飛び立つ。山吹色。だいだい色。からくれない。瞬きするのが、もったいない。自転車で並木道の坂を転がり落ちる。真っ赤に色づいた葉が、風の刃に飛び散っていく。クリムゾン。スカーレット。カーディナル。蟬の声はもう聞こえない。瞬きするのが、おっかない。

「おまえも参加しろよ」

朝、いつものように駐輪場についてチャリを停めると、おれの真後ろからジェイクが話しかけてきた。タイヤ止めにイタズラされていないかどうか目でチェックしてから、え、何？　って、おれは返事。だから、インターネットで登録して、スポンサーに募金してもらうやつだよ、ってジェイクはヘルメットを外しながら言う。

「ああ、あれか」

今年もチャリに乗るやつが集まって、例のプログラムに参加するためのグループができるってことだ。ふつうのサイクリング同好会とかクラブとは違って、インターネットで登録した目標の距離数を走りながら、スポンサーを集めて資金を募る、チャリティーみたいなプログラム。去年は、小児がんの子どもたちのためにみんなで百五十キロ走って、二万ドル集まった。今年は、学内独自のプログラムを組んで、生徒たちが東ティモールにボランティアに行くための費用を募るらしい。

「参加したいけど、おれのチャリ、ボロいし、ブレーキがよくきかないんだ」

ジェイクはおれのチャリをちらっと見た。自転車専門店じゃなくてスーパーマーケットでもどこでも売っていそうなママチャリもどき。去年もこのチャリで参加するの、かなり厳しかった。今年は、グレイト・オーシャン・ロードを、キャラバン・パークでキャンプしながら数日かけて走るって聞いている。ジェイクはおれのチャリを見て、去年のクリスマスにプレゼントしてもらったっていう、頑丈そうな自分のロードバイクを見た。

「おれの父さんに直してもらえばいいよ。おれのも、いつも直してくれるぜ」

またた、って思う。チャリに乗れない雨の日には、ジェイクの父さんはおれがトラムに乗るからって断っても、「ひとりもふたりも同じだ」って言って、ジェイクと一緒におれを家まで車で迎えに来て、学校に送ってくれる。ジェイクの母さんは、おれの顔をみるたび、「ティー、夕食《ディナー》食べていきなさいね」「もう遅いし、このまま泊まっていきなさいね」って、まるで家のなかにおれがいるのがあたりまえって感じで、メシ食べさせてくれて、おれ専用のベッドのマットレスやシーツ、パジャマを出してくる。ジェイクにいつもしているのと同じように、おれにも寝るまえにあったかいホット・チョコレートをいれてくれて、マシュマロもふたつ、ちゃんと浮かべてくれる。それから、ジェイクの三人の姉さんたちまで、ジェイクと同じようにおれのこと完全に弟扱いして、おれたちとピザ食べながら夜中までネットフリックスで映画見たり、「ガールフレンドいないの、マット？」みたいな質問バンバンしてきたり、「私の友だちでよかったら、紹介してあげようか？」って世話焼いたりするところなんか、おれの姉貴とかわらない。でも、おれの姉貴はおれに自分の宿題やらせるけど、この三人の姉さんたちは、おれの宿題を見てくれる。

おれは立ち止まった。

「なに？」

ジェイクが屈託ない笑顔で見つめてくる。ああ、これだから、ジェイクのおじいちゃんはジェイクにああいう話したくないんだろうな、っておれは思った。

「いつもいつも、悪いなって思ってさ」

ジェイクは最初ぽかんとしておれを見たけれど、なんだよ、それ、って、おれが見たことのないようながっかりした顔をした。

「なんで悪いって思うんだよ？　おまえ、なんにも悪いことしてないじゃないか？」

こんどは「まただ」、じゃなくて、「まだだ」、って思う。おれって、本当にまだまだだよなって、だんだん情けなくなってくる。おれがまだまだここの人間じゃなくて、ふつうの人より余計に手助けが必要だから、ジェイクもジェイクの家族も、おれに同情しているだけなのかもしれない、なんて思ってしまう。親切にされてみじめだなんて、こいつにはとても言えない。だって、こいつは自分のやっていることが親切だってことにさえ気がつかない、天使みたいなやつなんだ。

「ちがう、そんなんじゃねえよ……。それに、おれんち、いま、キツイし」

ジェイクはおれの隣で立ち止まると、ちょっと首を傾げた。なあ、おまえの父さん、ここんとこ、どうなんだよ？　仕事うまくいかなくて、酒ばっかり飲んでるとか言ってなかったか？　塔の上から鳴り始めた予鈴を完全に無視して、ジェイクはおれに詰め寄った。おれはジェイクから目をそらした。

「とにかく、三百キロも走れるチャリじゃねえよ」

このあいだも、家に帰ろうとして、正門をくぐりぬけたところで、車体がぐらぐらしはじめた。路肩にチャリを停めてチェックすると、タイヤに画鋲がいくつか刺さっていた。で、パンク直すのに初めてもらったバイト料を使った。それに、おれんち、いろんな支払い、最近いつもギリギリセーフだし。昨日は、冷蔵庫のドアに貼ってある未払いのガス代と水道代の請求書のとなりに、「ワトソン・カレッジ業務課」の青色の封筒が加わった。今学期分の学費の請求書。

父さん、酒を飲むのはあいかわらずだけど、前みたいに夜にだまってひとりで飲むんじゃなくて、おれがいない昼間に隠れて飲んでいるみたいだ。おれが学校から帰ってきたら、ベロベロになっていることもある。例外は、家賃の集金日の夜。大家さんの娘さんを相手に、食事を作ってくれるお礼だって言いながら、ワインのコルクを抜く。娘さんの小さい女の子にも、オレンジジュースのフタを開ける。カレンダーの下に吊してあった、家賃の入金用のデポジット・ブックが見当たらなくなった。アナベルがやってくれた、って父さん。

キーランがやってきた。なんだ、おまえら、朝からマジな顔して？　って、うつむいたままのおれたち二人の顔を覗き込む。

「マット。週末、おれんちにチャリ持って来いよ。父さんに言っておくから」

そう言うと、ジェイクはそのまま駆け出した。

「今日、水曜日だよな？」

小さくなっていくジェイクの背中を不思議そうに見つめると、キーランも駆け出した。ポケットのスマホが鳴った。おれもキーランのあとから駆け出した。今日は水曜日。ジェイクのやつ、今朝はトレーニング、どうしたんだろう？　この間は、英語の必修をサボっていた。例によって「きみに質問があってね」って、シーハンに拉致《らち》られて、あいつの部屋のホワイト・ボードに「私、ジェイコブ・デイヴィッド・コーエンは、ワトソン生の義務として、英語の必修授業に出席することを誓います」って百回以上書かされた、らしい。ハウス・ポイントも十点減点されたってことだ。コアをサボって、一体何してたのかは、知らない。

本鈴が鳴った。東棟に向かったキーランと別れると立ち止まって、ポケットからスマホを取り出す。「提出物リマインダー」をチェックした。ちょっと迷ってから、画面をスワイプしてメッセージの画面に変える。ジェイクのアドレスを呼び出すと「週末、チャリでおまえんちに行く。THX《サンクス》」ってテキストした。

おれの父さんだって、チャリのブレーキぐらい直せると思う。車の修理できるんだし。自分の親にだったら、それくらい頼んでもいいと思う。でも、おれの父さんの場合、自分の親だからって、当てになんか全然してない。それどころか、向こうの方がおれのことを完全に当てにしてる。いまだになんかあったら人に通訳させるし。通訳だけじゃなくて、セールスとか宗教の勧誘も、おれに断らせる。オフィスを借りるのをやめたあと、敷金が返ってこないので文句を言いに行くのも、カーペットのクリーニングの業者にクレームをつけるのも、カウンシル《役所》でめんどくさい書類書くのも、ぜんぶおれ任せ。父さんに出来ることで、おれに出来ないことって、もうほとんどないんじゃねえかと思う。もう今じゃあ、おれがあの人の親みたいだ。キーランもＪＪも親のことうざいらしいけど、おれの親はめんどい。うざいのはほっときゃいいけど、めんどいのはほっとけない。父さんの相手するのって、まるで子どもの世話するのと同じ。おれと口ゲンカして負けそうになると、「子どものころからこっちにいるおまえに、父さんの苦労はわからないんだ」って、捨てゼリフで逃げるところも、まるでガキみたいだ。

　だけど、父さんは精一杯やっている。カー・ディーラーのやつらにはしょっちゅう煮え湯を飲まされてるし、そのたび、こっちが恥ずかしくなってくるようなニホンゴ英語で謝ったり、金策にかけずり回ったりしている。バイト先のジャパレスでも、ワーホリの若い日本人のやつらに「オヤジ」とか「オッサン」ってバカにされながら皿洗いやって、そいつらに犬のエサみたいに手渡された店の残りものを、店の裏の真っ暗な路地でボソボソ食ってるのだって知ってる。そういうやつらに向かって、「おれの息子は、ワトソンに奨学金で通ってるんだ、親孝行なやつなんだ」って、これまた負け犬がやるみたいに、おれのことジマンしているのも知ってる。なので、今一番苦しいのは、一番つらいのは、一番みじめな思いしているのは父さんなんだって、毎日あの人のことを目の前で見ているこのおれが一番よくわかってる。

でも、もとはといえば、こうなったのも、父さんのチョイスだし。こっちにきたのは会社の命令だったけど、こっちに残って仕事始めるって決めたのは父さんじゃねえか？　あれもこれもぜんぶ父さんのワガママ。ま、おれも人のこと言えないけど。姉貴にも「真人、あんたもお父さんに似たところあるんだから、気をつけなさいよ。ワトソンに合格したのも、そっちに残ることになったのも、ぜんぶ自分で決めて、自分ひとりの力でやったたって得意になってるみたいだけど、それを許してくれたお母さんにも少しは感謝しなさいよね？　隼斗くんを見なさいよ。カワイソーに、あの子、いま、引きこもってるらしいわよ。だいたい、あの子もあんたみたいにそっちに残りたかったんでしょ？　そっち生まれで、そっち育ちなんだから、あんたよりずっと年季入ってるわけなんだし、そりゃトーゼンよね。それでも、親は許さなかったんでしょ？　お母さん、あんたには絶対言わないけど、こっちに帰って来てから、息子をほったらかしにして帰るなんてヒドイ母親だとか、息子にやりたい放題させて甘やかし放題だとか、外国暮らしがあわないなんて、エリート・サラリーマン家庭のくせに贅沢言うなとか、そのほかにもガマンが足りないとか、自分勝手だとか、母親失格だとか、もう、サンザンだったんだよ。でも、お母さん、なにひとつ言い返さないで、じっとガマンしてたんだよ。阿佐谷のおばあちゃんだけは、「おばあちゃんだったら、あの歳の息子を手放すなんてとてもできない、お母さんはえらい」って言ってたけど」って、ガツンと言われたし。

本鈴が鳴り終わった。ロール、ミスった、ああっ、めんどくせぇ！　おれはうつむいたまま、駆け出した。めんどくせぇ、めんどくせぇ、めんどくせぇ、なにもかもめんどくせぇ……、父さんもめんどくせぇ、父さんにそっくりなおれ、父さんと同じくらい、いいとこどりで、好き勝手しているおれ……こんな父さんよりもめんどくせぇおれなんか嫌いだ、大嫌いだ！　I hate myself!

二学期に入って、水曜日の朝がそんなにうざくない。

というのも、キャンベル先生があいつのことをやたら褒めるので（小学校で、「新しい学校でよくがんばりました」「新しいお友達と仲良く遊べました」って、転校生はすぐにご褒美のシールや賞をもらえたり、「スマート・ボード係」とか「カンティーンのオーダー係」とか、人気のある係にしてもらうのと同じ）、あいつは子どもみたいに有頂天で気分いいらしい。おかげで前みたいにゴチャゴチャ文句言わないし。ずいぶん協力的になったし。ルーともブローディーとも平和にやってるし。みんなでいい芝居できそうだし。でも、あいつにやられた火傷の痕と同じく、あいつに言われたことは、おれの心臓にしっかり焼き付いている。それから、あいつが、ジキル博士からハイド氏になる呪文も。あいつはおれのこと相変わらずすごい目で見てくるけど、おれは目をそらして、伏せて、閉じる。あいつが口を開いたら、おれは口を閉じる。あいつがおれを侮辱したら、おれは沈黙で応える。この口であいつと話するのもゴメンだ。あいつにはこれ以上、絶対に関わりたくない。とにかく、完全に無視。おれも、マユ・タチバナと同じかもしれない。日本人同士仲良く知らないふり、みたいな。だけど、あいつの相手したら最後、あの呪文いわれて身動き出来なくなるのはわかってる。それこそ、孫悟空の頭の輪っか「キンコジ」みたいなもんだ。

でも、あいつがマットなら、おれもマットだ。あいつが生まれたときからマットなら、おれはこっちに来たときからだ。おれはこっちで、真人からマットに生まれ直したんだ。……これだけはあいつに文句言わせない。ひとつの名前だけでなんでも済んで、ひとつの言葉だけを操って他の言葉に操られたことなんかなくて、ひとつの国、自分の国だけでぬくぬく生きてきたあいつなんかに、これだけは、絶対に文句言わせない。

ホールのなかにあるステージ脇のドラマ・ルームに一番乗り。だれもいない部屋に、腕に抱えていたラップトップとバインダー、キャンベル先生に返す本『Death of a Salesman』を抱えたまま入る。いつものクセで、数ページにドッグ・イヤーをつけてしまったことを謝らなくっちゃいけない。今日からいよいよ稽古に入る。

課題のテーマは「ヴィクトリア州のゴールド・ラッシュ」に落ち着いた。今から百五十年以上も前、この国はゴールド・ラッシュに沸いた。一攫千金を夢見た人々が、世界中からこの国に殺到した。多くはイギリスとアイルランドから。幸運と金を元手に商売を始める人、妄想と夢からさめて、その場所にそのまま住み着いた人、町は栄えて、共同体は大きな都市になり、列車が走り、税関が設けられ、軍隊もできて、最終的に六つのコロニーをすべて合わせてひとつの国——オーストラリア連邦《コモンウエルス・オブ・オーストラリア》。

詳細なリサーチのあと、キャンベル先生から制作許可が下りた。ストーリーボードを作るために、ルーに金鉱夫になったつもりでマイムしてもらった。ボートで鍛えた筋肉は、ほんのわずかのしぐさも、体全体を輪のようにつないでみせる。両腕、両肩、首、頭——上半身のすべてが、硬い地表を掘り起こすショベルやつるはしに同化する。砂金を掬《すく》う両手の、指の絡み具合と絶妙なカーブ。真っ暗な金鉱の中を突き進む二本の足は、夢のなかに出てくる幻の金塊の重さと、そして生活の重みを同時に引きずる。体って、使いようによっては、おれたち、なんにでもなれそうな気がする……。人の体って宇宙みたいだ。例えば、心臓は太陽。巨大な筋肉のポンプで、周りの臓器の惑星にエネルギーを送り続ける。さらにその周りで、数え切れないほどの細胞が集まって、銀河が生まれる。感性の星と理性の星が結ばれて、星座が生まれる。無数の星座が張り巡らされた天空の下に、ぽっかりと空いた胸のブラックホール。宇宙のどこかにある、いちど落ちたら二度と這い上がれない深い心の穴。

ルーのマイムを見ながら、おれたちがリサーチ・ペーパーにもう一度目を通しているとき、キャンベル先生がやって来た。

「ハイスクールの演劇の最終目標は、きみたちのような若い人ひとりひとりを、個人として、そして社会の一員として、演劇を通して育てることだ。プロの俳優を育てることではない。リサーチが欠かせないのは、知ろうとする絶対の意志なしに、見ず知らずの他者の喜びや苦しみを感じとることも、ましてや、他者を演じることなど、到底できはしないからだ」

キャンベル先生はおれたちが床に広げた資料を拾って、ざっと目を通すと、まず、どんな方法でもいいから、グループ全員に共通のイメージを膨らませなさい、と指示した。


荷物を床に下ろすと、おれは鏡の前に立った。

ブローディーが頑張って書いてきた芝居、みんな気に入ったし。配役を決めるときには、みんなが有無を言わせないって感じで、おれの役を一番最初に決めてしまった。

「おい、マット・A。おまえがこの役やれよ、おまえにぴったりじゃん！」「そうだ、そうだ！」「すっごくリアルだね」。

「その髪の毛に三つ編みの付け毛して、藁《わら》のとんがり帽子被ったら、演技しなくったって大丈夫じゃねえの」って、マット・Wには馬鹿にされたんだっけ。


——なんだかなぁ……。

鏡に近寄って、体の向きをかえる。

おれは「これが自分の顔だ」って、生まれてこの方十七年近く信じている顔を眺める。この顔で階段を飛び降りると「ジャッキー・チェン」、粗末な身なりをすると「ボート・ピープル」、バッグから緑色の百ドル札とクレジット・カードをちらつかせると「観光客」、ネクタイにスーツだと「不動産ブローカー」。

ここんところ、この顔が忌々しくなるときがある。おれたち人間は、生まれながらにして、やれる役が決まっている？　だって、生まれ落ちた時点で、自分の国も親も人種も決まっていて、選べない。これじゃあ、別人になるどころか、自分自身しかできないのか、みたいな。やれる役が決まっているんだったら、やれない役も決まっているってことだ。たとえば「アンザック・デー」で行進する人、とか。あの祝日には、ワトソンからも参加希望者が日の出の時刻に集まって、真っ赤なケシの花のリースを抱えて記念碑まで行進する。兵隊さんが流した真っ赤な血、犠牲の象徴。「Lest we forget」（我々は忘れない）が合言葉。おれ、あそこまで「オーストラリアーナ」なイベントには行けねえな、って、おれがつぶやくと「なんでだよ？　おれだってどこからみてもWOG《ウォグ》だぜ？」ってキーランは自分で自分のことを「ギリシャ野郎」って茶化して、ゲラゲラ笑った。あのときは、すぐそばからロビーが口を挟んでこう言ったんだった。
「いやあ、おれたちは、ああいうの、さすがに遠慮するよな……。なんか、来るとこ間違えました、ゴメンナサイ、みたいな？　な、マット？」

——なんだかなぁ……。

鏡に顔をくっつけるようにして、覗き込む。鏡の中にいるおれは、「そんなのなんでもない」って顔をしている。こいつは「なるべくふつうに」見えるように、聞こえるように、ずっとふるまってきた。だけど、鏡の外にいるおれは、鏡の中のおれみたいに、うまく飼い慣らすことができそうにない。最近ではお互いに嫌い合っている。
それに、キーランはああ言うけど、ここには南半球最大級のギリシャ系コミュニティーがあって、あいつには家族も親戚も大勢いる。日系コミュニティーもあるけど、季節も逆なのに四月だっていうだけで、無理矢理「花見」したり、「大運動会」の賞品で日本製の炊飯器をもらったり、庭で種から育てたダイコンやゴボウを分け合ったりとか、ああいうの、おれから見たら「ここまできたら、もう執念」って感じで、正直、この人たち、どこまでも往生際悪い、みたいな。だけど、ああいう集まりで、大人（おれの父さんを含む）が子どもみたいにはしゃいでいるのを見るたび、この人たちにしたら、これって最高の気晴らしなんだろうな、自分の国の人間だけで集まって、自分の国のメシ食って、自分の国の言葉でおもいっきり喋って笑って、ヘンな目で見るやつもバカにするやつもいなくて、そりゃ居心地いいよな、ま、気の済むまでやればいいんじゃねえの、って思うだけで。ああいうの、隼斗は「超わざとらしい」って、毛嫌いしていつも途中から姿をくらましていた。一体ここをどこだと思ってんだよ？なんにもわかってないガキじゃあるまいし、いいかげん、わきまえて欲しいって。まぁ、おれは生まれたときからこっちの隼斗と違って、小五まで日本だったから、父さんみたいな大人の気持ちもなんとなくわからないでもない。やっぱ、冬は「セントラルヒーティング」より「コタツ」がいいなとか思うし。一日に一回は白い米のメシ食いたいとか思うし。かといって、日本には「帰る」じゃなくて「行く」って感覚しかない隼斗の気持ちも、「日本抜きの自分」のことを認めてくれない親のことが憎たらしくてたまらないあいつのやりきれなさも、死ぬほどわかる。だけど、この先この国で何年、何十年「なるべくふつうに」暮らそうが、「超わざとらしく」生きようが、自分で自分のことをジャップって茶化すことなんかできそうにない。やっぱ、あれはおれを金縛りにする呪文だ。

——なんだかなぁ……。

鏡から数歩下がって、両手で顔を挟む。この顔でバイト探しっていうのも、けっこう疲れるンだよなぁ……。ワーク・エクスペリアンス《職場体験》で行ったスポーツ用品の店にCV《履歴書》出しても、ぜんぜん無視されたし。そのほかの募集にも応募して、グループ面接もいくつか受けた。どこも「今回、不採用になってもそれはあなた個人のせいではありません」って言われた。だけど、採用になったやつらの顔ぶれを見ると、どうしても納得がいかない。「レフリー《身元保証人》」をつけなかったのがいけなかったのかもしれない。雇い主は、志望者を面接に呼び出す前にCVに書かれてあるレフリーに電話をかけて、志望者の前の職場での勤務態度とか業務成績とか、その他、志望者のパーソナリティーみたいなものまで、事前にチェックするらしい。おれ、そんなこと頼めるこっちの大人の知り合い、いない。ジェイクの父さんに頼もうとしたけど、いつもいつもあんなに良くしてもらってる上に、こんどはこれかよ、って考えたら、頼みそびれてしまった。今のバイト先のベーカリーに応募したのは、地元のラジオの「アルバイト募集コーナー」を聴いたからだ。店頭でCVを渡すとき、去年「グレイト・サイクル・チャレンジ」に参加して、チャリで百五十キロ走ったって、カウンター越しに係の人と雑談した。それが聞こえたのか、オーナーが「おっと、見た目によらず、いい根性してんだな」って、店の奥から出てきた。それから一ヶ月のあいだ、試用期間で働いて、やっと正式に雇ってもらった。時給は平日は十ドル五十セント。土・日は十六ドル。

——なんだかなぁ……。

両手を顔から離して、鏡に映った顔を右手の人差し指で弾く。このおれでもこんな調子なんだから、父さん、こっちでビジネス始めるなんて、やっぱ、無謀だったかも。おまけにこっちに五年もいるのに、いつまでたっても、ズレてるし、ブレてるし、浮いてるし。おれの場合は「ワトソンに通っている」って言えば、「そうか、ワトソンなんだ」って、たいていの人にはわかるし、制服を着ているときは「どこから来た？」とか「何人《なにじん》？」とか絶対に訊かれない。制服を着ていなくても、家の外では百パーセント英語で喋ってるし、見た目は中国人とか韓国人には間違えられても、観光客には間違えられない。でも、これが父さんになると、たいていは「どこのご出身？」っていきなり訊かれて（初対面の人間にこの質問をいきなりするなんて、デリカシーがなさすぎるとおれは思う）、「日本です」って答えてやっと会話が始まる。「日本です」から始まる会話って、プライベートな話につながることがあんまりない。相手も「シンジ・アンドウ」と喋ってるんじゃなくて、「日本人の代表」と喋ってる。ま、一応、エチケットとして、名前も訊かれるだろうけど、家に帰る頃には、「どこそこで会った日本人、名前忘れたけれど」みたいな。

——なんだかなぁ……。

額に垂れた前髪を片手でかき上げる。……父さん、あの歳で会社もやめて、いつも母さんを黙らせていたみたいに「仕事だ」「家族を養ってるんだ」「きみにはわからない」でもう済ませられなくなって、おれに対しても前みたいに父親ヅラできなくなって、なんか、見てるだけでイタイ。サラリーマンをしていたころは「おれは勤め人には向かない」「こんなの自分じゃない」ってよく言ってたけど、「こんなの自分じゃない」って、一体どういう意味なのか訊きたい。だって、父さん、前だったら、「英語で話そうが日本語で話そうが、真人は真人なんだ！」って、おれにそう言ってくれたのに。それに、朝、スーツ姿で会社に出かけて行く父さんは、今よりずっとカッコよかった。母さんいわく、上司には嫌われてたけど、部下には好かれていた。もしかして、父さん、会社っていう守り神がいなくなって、そのあと相当イタイ目にあってきたせいか、なんかいじけちゃってる？　「夫」の役も「父親」の役もお払い箱で、いまは「日本人」の役にすがりついている、みたいな？　「日本」が守り神、みたいな？　でも、それも中途半端なんだよな、父さんの場合。だって、神頼みするみたいに拝み倒しているだけじゃん？　姉貴みたいに、「神様のケチ！」って、プロテストする気合いもガッツも今はなさそうだし。

――あーぁ……。自分自身にしかなれないって、いいんだか、悪いんだか……、なんだかなぁ……。

鏡の上から指先で顔の輪郭をなぞる。この頃、この顔、ますます父さんに似てきた、らしい。おまけに声まで似ている。電話なんかだと、母さんや姉貴でも聞き間違える。顎の下の影を掬って、そのまま目に。まぶたがひっこんだ奥二重。黒い目と目をつないだ線の延長上に、耳と耳。阿佐谷のおじいちゃんはこの耳を見るたび、「真人の耳は福耳だな、お金持ちになれるぞ」って言ってくれていた。唇はカサカサしていて、ひび割れがいくつもある。この際、そんな細かい細工はどうでもいい。おれたちみたいなのは、ぜんぶまとめてエイジアン《アジア人》。死ぬまで、この顔をずっとくっつけて生きてかなきゃいけない。鏡から指先を離して、もういちど離れて見る。自分の目で自分の体を辿る。背ばっかりニョキニョキ伸びて、腰から下なんかマッチ棒じゃねえか。この体から、おれは死ぬまで逃れることができない。こんなの、宇宙どころか、牢屋だ。

マッチ棒人間がこっちを向いたので、おれは話しかけた。

――おい、そこのスティック・フィギア《マッチ棒人間》！　おまえ、「ハングマン」のゲームで首つり男にするのにおあつらえ向きだな。なにかいい単語？

――A・S・I・A・N。

――ビンゴ！

鏡のなかで、中国人金鉱夫が何もしないうちからくたびれた顔をして、こっちを見た。傍らにあった台本を鏡に投げつけると、鏡のなかの、人の形をした牢屋が伸び縮みした。……こんな顔イヤだ、こんな体イヤだ、こんなのイヤだ！　I hate myself!

細長い雨が降りしきる夜のような昼はみじめで、こんなに人がいっぱいいるのに、なんだかひとりぼっちのように感じてしまう。ひとりぼっちにはだいぶ慣れているけれど、心細くなるのは、あいつの姿が見えないからかもしれない。

英語の必修クラスはA組とB組の合同授業。おれはいつも座る席について、ジェイクが現れるのを待った。おれのとなりには、ロビー・タン。ロビーは飛び級して十一年生だけど、英語の必修だけは十年生で留まっている。自分の場合、英語だけは飛び級すると、あとあと困ったことになりそうだから、って。そんなこと言うだけあって、とてもマジメで謙虚。ブレザーの襟には、ハウス・バッジとスカラー・バッジ、メリット・ポイントが百を超えたらもらえるゴールド・バッジ、VCE《ヴィクトリア州教育修了資格》生のつける鷹の形のバッジ、そして全額給付生《フル・スカラー》のしるし、「ワトソン・ブルー」のバッジが並ぶ。ここにプリフェクト《監督生》かカレッジ・キャプテンのバッジが加われば、怖いものなしってところだろうけど、ロビーはいつも控えめ。

ロビーが頬杖をついたまま、おれに笑いかける。おれたち、アジア系ってだけじゃなくて、体つきもなんとなく似ている。おれはただの痩せ型だけど、ロビーは線が細いっていうか、なんか華奢。そのせいか、こんなふうに微笑《ほほえ》むと、ものすごく寂しそうにみえる。それもそのはず、こいつ、どうやら、今の十一年生のクラスメイトとうまくいっていないらしい。イジメられているってわけじゃないらしいけど、例によって「背の高いケシ《トール・ポピー・シンドローム》は切られる」をやられてんだな、ってだいたい予想つく。個性を伸ばす教育、人と違っているのがいい、とか言いながら、ロビーみたいに特別優秀だったり、才能あったり、とにかく目立つ「背の高いケシ」のやつは、「おい、マイト、おれたちと一緒に仲良く行こうぜ」ってやんわり呼びかけられて、まわりから手首摑まれて、マイト同士、結局横並びさせられる……。

ロビーは五歳のときに中国人の親に連れられてここに来た。生まれたのは、「山ばっかりの村」だってことだけで、親の国のことはそれしか覚えていない。一人っ子のロビーは親から期待されていて、必死に勉強して念願の全額給付生になったっていうのに、親は「ここはのんびりしていて、競争っていうものがないから、一番になってあたりまえ」みたいに言うらしい。本人は将来の夢とかなりたいものなんかない、欲しいものならいっぱいあるけど、って言う。

ロビーんちは、エイジアン・グローサリーの店をやっている。家族三人で店の二階に住んでいる。店のまわりは、ロビーんちみたいな、アジア系の店ばっかりで、店の中も道を歩いている人も、見渡す限りアジア系。ロビーんちから三ブロックほど先には、巨大な鉄の鳥居みたいなのが立っている。この鳥居をくぐると、ああ、ロビーんちに来たな、っていつも思う。鳥居の先は大きな道路につながっていて、ＣＢＤ《ビジネスの中心街》行きのバスの停留所も電車の駅もすぐそこにある。なんでも、ロビーの親はもう何年もその鳥居の向こう側に行ってない、らしい。だって、仕入れ先はＣＢＤとは違う方向だし、ここにはなんでも揃ってるんだよ、食べものも、日用品も、家借りるのも、散髪するのも、医者だって、あの人たち、ぜんぶここで済むんだよ、英語も喋らなくって済むし、って笑っていた。

ロビーんちの店もそうだけど、ほとんどの店からはチャイナタウンと同じ独特の匂いがする。漢方薬を煎じたみたいな、干物あぶっているみたいな、匂い。今もこうやってこいつがとなりに座ると、あの匂いがしてくる。ロビーんちの店も、チャイナタウンの店と同じく、「一週間七日営業」している。週末には、ロビーも店の手伝いをしている。店頭に中国野菜を並べてホースで水を掛けたり、乾物の数を数えたり、レジを打ったり。週末、人を雇うと高くつくって、親が言うらしい。で、週末のアクティビティには、誰もロビーを誘わない。いちど、あいつがエプロンをして店の手伝いしているのを、JJと一緒に見かけて、声をかけたら、すっごく気まずそうな顔された。「なんだよ、あいつ?」ってJJはきょとんとしていたけれど、知らんぷりしといてやればよかった、ロビーに悪いことした、っておれは思った。おれだって、日本で溢れかえっている家の中見られるの、恥ずかしすぎるし。焼き魚とかだし汁の匂いもしてると思うし。

「な、マット。新しいDVD買ったんだ。見に来ないか?」

ロビーがおれにまた笑いかける。おれたち、音楽とか映画の趣味が似ていて、けっこう気もあう。八年生のときはクラスも同じだった。音楽の時間には、ペア・レッスンで一緒になって、同じチューターにギターを習った。去年は、軽音プログラム「クール・スクール」にも二人で参加したし、ワトソン・デーでセッションもやった。JJとかキーランとかジェイクと映画見るときは、話題の最新作を映画館に見に行ったりするけど、ロビーとはおたがいの家のおたがいの部屋にたてこもって、忘れ去られた名作とか、ほかのやつが絶対に知らないような、もしくは、ほかのやつに絶対見られたくない日本のドラマとか(中国語か英語の字幕がついているやつ)、動画サイトでミュージック・ビデオ(ロビーは「ベビーメタル」の大ファンだ)を見まくる。親のことも、ＪＪやキーランみたいに「うざい」んじゃなくて、「めんどい」ってロビーは言う。それ聞いていると、あー、こいつもおれと同じで、どこいっても浮いている親の相手いちいちしなきゃならないんだ、それこそ、いつまでも子どもみたいで、全然使えない親の面倒をみて、使いっ走りもして、場合によっては尻ぬぐいまでさせられているんだろうなって、心の底から同情する。そんなわけで、こいつとは氷点も沸点も同じせいか、言葉にできないようなことを相手がどう感じているか、おたがい、なんとなくわかってしまう。だけど、こいつとは、ジェイクみたいに四六時中一緒にいるわけじゃない。お勉強系がまた「アジア人の集会」してるぞ、って周りに思われるのも、お互いシャクだし。

ロビーに、ＯＫ、って返事しながら、おれはドアのほうを見つめる。

「どうしたんだよ、さっきから？」

いや、っておれは小さく答えて、なんのＤＶＤだよ、ってロビーに話しかける。ロビーの口から、映画の名前と監督の名前と主役の俳優の名前がすらすら出てくるのをききながら、心配がだんだん不安に変わり始めた。ジェイクのやつ、何してんだよ？　コアだぜ？　それに、こんどシーハンに見つかったら、ディテンションですまねえぞ……。

ベルが鳴った。ミセス・ルービックが現れて、本を開く。新しいチャプターに入るたび、おれたち、だんだんと驚かなくなっている。父、息子、アウシュヴィッツ。この三つが揃えば、普通と普通じゃないこと、それから善悪の区別がつかなくなる、っていうか。でも、新しいページをめくるたび、必ずといっていいほど、そんなおれたちにビンタを食らわせるような一撃とか、こぼれ落ちた涙を拭ってくれる優しい手とかが隠れている。

ミセス・ルービックに指名されたヨナ・ノーランって子が立ち上がって、朗読し始めた。

「今日、私はもう嘆願してはいなかった。私はもう呻くことができなかった。それどころか、私は自分がとても強くなったように感じていた。私は原告であった。そして被告は――〈神〉。……しかし、私の人生はそれまでじつに長きにわたって〈全能者〉に縛りつけられてきたのに、いまや私はその〈全能者〉よりも自分のほうが強いと感じていた。この祈りの集いのさなかにいて、私は異邦人の観察者のごとくであった」

ミセス・ルービックは「どうもありがと！」ってお礼を言うと、ポケットに手を突っ込んで、ヨナにキャンディーをポイっと放り投げた。

「この、〈全能者〉《this Almighty》っていうのは、神よね？」

決まってるだろ！　他になんかあんのかよ？　って、トラビス・リーが答えた。学内クリケットのスター。ふつうなら、先生に向かってこんなタメ口きいたら即ポイント減点だし、手を挙げてから発言しないと叱られるけど、ミセス・ルービックはそういうことは気にならないらしい。今も、椅子じゃなくて教卓の上に腰をおろして、テキストごしに、おれたちひとりひとりを見回している。いつもポケットにチョコレートやガムやキャンディーを入れて持ち歩いていて、朗読や発言をした生徒にバラまく。生徒たちだけで、好きに喋らせてくれることもある。先生がいるようでいないような、こういう授業が、おれたち、いちばん楽しい。生徒の発言が発端になってそのままディベートに流れ込んだり、クラス中で大激論になっても、ミセス・ルービックは止めない。ロビーとおれはめったに発言しない。アジア系はおとなしいって言われるけど、そうじゃなくて、おれたち、頭の中で考えごとしているだけだ。こっちって、先に言いたいことを言ったもの勝ちみたいなところがあるけれど、それはそれで構わない。そういう派手な役は、カースト上位のメジャーなやつがやればいい。いい意味でお騒がせなやつ、とにかく黙っていられないやつ。それこそ、トラビスみたいなやつ。おれたち、試合するより、見物するほうが面白いだけだし。それにしても、ロビーもおれも、こんなに騒々しい教室のどまんなかで、なんでこんなに白けているんだろうと思う。

「じゃ、この少年は、神様より自分が強いって思ってるのよね？　なぜ？」

だって、この子、もう神様を信じていないんでしょ？　だったら、神様に遠慮することないわ、って後ろの席から女子の声。そうねえ、遠慮することないわよねぇ、って、ミセス・ルービックはクスリと笑う。

「彼を縛っていたのが神様だったら、神様を信じていない、神様に遠慮していない彼は、いまや自由なのかしら？」

ンなわけねぇだろ、このあとも、身も心もめちゃめちゃ苦しそうだぜ、この十五歳、っておれは心の中でつぶやきながら、残りのページをパラパラとめくった。教室中がブーイングしている。みんなおれと同感らしい。

「だったら、なにから自由になれないの？」

収容所、戦争、世界、民族性、記憶……、それらしい言葉とともに、いろんな声があがった。それらしい言葉だけど、なんか、どれもデカイよな、カッコイイけどつかみどころないっていうか……。おれが肘をついてぼんやり聞いていると、となりでロビーがぼそっと言った。おれ、親は捨てられない、おれのおやじとおふくろ、こっち来る前は貧乏してたし、こっちきてからも、ものすごく苦労してるんだ。神様は偉くても、苦労はしてなさそうだよな……。

窓の外ではまだ雨が降り続いていた。木の小枝の節で大きく膨れあがった雨粒が、こらえきれなくなったように透明な雫となって枝を離れた。おれは耳を澄まして、雨粒が土の上で砕ける音を探した。聞こえそうで聞こえない音。この世界がどれほど騒がしくても、立てることも消すことも許されない、タブーな音。その音は、おれの体のブラックホールを通って自分の声に変わった。——おれは、生き残るためだったら、自由になるためだったら、自分の親だって……！

校庭に目をやると、ジェイクがチャリに乗って、噴水広場をグルグル回っているのが見えた。ずぶ濡れになって、自分の体が重くてたまらないって感じで、のろのろとペダルを漕いでいた。のっぺらぼうみたいな顔をして、当てもなく、雨にとことんやられて。あいつ、遅いんだよ、いまごろ反抗期かよ？　またディテンションやらされるのに。

「人の土地に入るな！　黄色いアリ！」

ドラマの稽古は順調。順調すぎるくらいだ。今日は、それぞれ仮の衣装を身につけた。一気に雰囲気が出る。みんな、ノリにノッている。とくにこいつ。日本語の教室から借りてきた、盆踊り用の笠の下から（この笠、おれにすごく似合うって、みんなに大好評）、おれはマット・Wをこわごわ見上げる。

「台本にそんなこと書いてないぜ」

ブローディーが口を挟むと、マット・Wは、じゃ、アドリブだ、ってニヤニヤ笑う。キャンベル先生も褒めていたけれど、こいつは演技がうまいかもしれない。迫真の演技ってこのことかと思う。こいつの演技って、本人だか役だか、だんだんわからなくなる。ルーもブローディーもマット・Wの大声や嘲笑《ちようしよう》、それからさっきやったみたいな、アドリブのセリフ（たいていが中国人金鉱夫を罵倒する言葉だ）に満足しているみたいだ。ときどき、あんまり激しすぎて、引いているときもあるけど。イギリス人金鉱夫がマット・Wをやっているのか、マット・Wがイギリス人金鉱夫をやっているのか。ハイドからジキルに戻る薬が劇の中では見つからないのかもしれない。で、見ている方はかき回されて、だんだん苦しくなってくる。

とくに、このシーン、中国人金鉱夫とのやりとりなんか、「これは演技だぞ、演技なんだ」ってよく自分に言い聞かせておかないと、とてもあいつの迫真の演技に、おれは持ちこたえられない。このシーンの稽古のあとは、怒りで体中が震えてくる。あいつがアドリブで言うセリフは、おれにはぜんぶ「ジャップ」に聞こえてしまう。

　ゴールド・ラッシュで世界中から人が集まったこの時代、その多くがイギリスとアイルランドからの移民だったなかで、見た目も言葉も違う中国人は特別な存在だった。中国人たちは、本国に残してきた家族のために、日夜金を掘ることに全力をあげた。元来が勤勉であることも彼らの富を増やした。そのため、中国人たちは憎悪の対象となり、彼らには特別の税金が掛けられた。のちの「白豪主義《ホワイト・オーストラリア・ポリシー》」の第一歩といっていい、っていうことらしい。

「ちょっと、いまのはやりすぎなんじゃないか？」

　ハンティング・キャップの小さな鍔《つば》のしたでルーが眉根を寄せた。

　なんでだよ、ってマット・Wはルーのほうを振り返ると、ニヤニヤ顔のまま反論した。

「いや、なんかリアルすぎるっていうか……。ま、いい意味でだけどさ」

　ルーはキャップを被り直すと、ま、いいか、って言いながら、自分の立ち位置に戻る。アイルランド人金鉱夫は、床に這いつくばったままの中国人金鉱夫を憐れみの目で見つめた。これは、アドリブ。台本には、憐れみの目なんてない。このアイルランド人は主役のイギリス人金鉱夫と一緒になって、中国人金鉱夫を足蹴にする。おれは床から顔をあげて、その憐れみの目を見つめ返す。これも、アドリブ。

「観客との距離を考えたか？　それも評価基準のなかに入っているぞ」

キャンベル先生が現れたので、全員、生徒に戻って、鏡の壁にもたれかかる。初めのころ、授業中はこの鏡でずっと自分の全身を見ながら喋ったり、歌ったり、踊ったり、セリフの練習させられたりっていうの、ものすごくイヤだった。時間が経つと人のことは見慣れるのに、いつまで経っても、自分のことは見慣れない。

「観客に想像の余地を与えることも、重要。まだ近い、近すぎる」

とくに、そこのふたり、マット・A、マット・W。きみたちのことだ、見てごらん、と苦笑いして、キャンベル先生は鏡に向かっておれたちを指さした。


二学期もそろそろ終わりに近づいたころ、ジェマイマの兄さんのバンドの前座をやらないかって誘われた。おれたち、オリジナル・ソングも少ないし、どうかな、っておれが迷っていたら、ロビーが珍しく身を乗り出して、やりたいって言った。その日、土曜日だぜ、昼からリハもあるし、サウンド・チェックもしなきゃなんないし、っておれはロビーに念を押したけれど、ロビーはきっぱりと一言、「ＯＫ」。

「じゃ、決まりね」

ジェマイマがそう返事しながら、パリスももちろん来るわよね、っておれをからかう。ロビーも、前の子はどうしたんだよ、ソフィー、だったっけ？　ってニヤニヤする。やめろよ、っておれ。

ロビーと練習の日にちと時間を決めていると、ジェイクがやってきた。

「マット、サイクリング・クラブのミーティングに出るぞ」

そうだった、こっちもあったんだった。ジェイクの父さんにブレーキも直してもらった。結局、今年も参加することになった。

「じゃな、マイト」

ロビーはおれたちに手を振ると、階段を大股で駆け上がっていった。音楽室は二階。授業はもう終わっていたけれど、ロビーはこれからギターのレッスンがあるらしい。

ワトソンでは、七年生から九年生までは、音楽の必修でなにかひとつ楽器を習う。お金を払えば、十年生以降も卒業までずっと続けられる。キーランはトランペット（軍隊だったらラッパに決まっている）、ＪＪはフルート（女子に人気の楽器で、彼女たちとグループ・レッスンできるから選んだはずだけど、いつのまにかハマって、いまは学内オケに入っている）、ジェイクはヴァイオリン（子どもの頃に、おじいちゃんから手ほどきを受けた）を続けている。

　おれはジミヘンとかカート・コバーンに憧れてギターを選んだけど、ロビーは「禁じられた遊び」が弾きたくて、ギターを選んだって言っていた。「センチだろ？」って、自分のこと笑うので、あいつに「27《twenty-seven》クラブ」の話をしてやった。ジミ・ヘンドリックス、カート・コバーン、ジム・モリソン、ブライアン・ジョーンズとか、あのあたり、みんな二十七歳で死んでいったんだって教えてやった。興味深そうに聞いていた。ロビーのやつ、ずーっとレスポールのギターを狙ってるらしいけど、こづかいは少ないし、家の手伝いじゃなくて、他の店でアルバイトだったら、金になるのにな、って、いつも愚痴ってる。あいつが今年もギターを続けられることになったのは、半額給付から全額給付の試験に合格して、浮いた学費をギターの授業料に回すっていう、親の出した条件を必死でクリアしたからだ。「おれの親ってさ、あれこれ条件を出しておきながら、楽しく自由にやれって言うんだ、そんなのムリだろ」って、あきれていた。

　階段の下から音楽室のある階上を見上げる。ロビーのやつ、また腕を上げたんだろうな……。練習熱心だし、ギター弾くの、ほんとに好きみたいだし。ロビーの足音が消えた。おれは、今年はギター、続けられなかった。

ミーティングのある教室へ急いだ。ドアを開けるなり、今年はサイクリングもやめとくんだった、って、ガックリきた。

「おれ、やっぱ、やめるわ」

おれがドアのところで回れ右をすると、ジェイクが、なんでだよ、っておれを見上げて、おれが盗み見している方向に目をやった。駐輪場で一番目立っている高級チャリ、の持ち主。

「あいつか」

おれが返事せずに立ち去ろうとすると、ジェイクがおれの手首を摑んだ。

「おまえ、何か悪いことしたか、あいつに？」

「してない」

「じゃ、来いよ！」

ジェイクはおれを引っ張っていくと、わざとマット・Wの隣に座った。自分の隣にはおれを座らせた。チャリティーの趣旨とかスケジュールの説明のあと、学年ごとにチームに分かれた。それから「今から練習」と言われて、ロッカーに着替えとヘルメットを取りに行く。

なんだかなぁ、って、ロッカーの鏡を覗きながら、おれは鏡の中にいる中国人金鉱夫に藁の笠じゃなくてヘルメットを被せた。

ライブの当日、早朝のベーカリーのバイトから速攻で家に帰って来た。これからライブだって、ほかのバイトのやつに喋ってたら、オーナーが分厚いハムとスイス・チーズの挟まったクロワッサンを持たせてくれた。オーナーはベトナム出身で、なんでもベトナムは昔フランス領だったから、フランス式のパンはお手の物ってことだ。このクロワッサンが目当てのお客さんも多い。それをトマトジュースで流し込むと、背中にエレキを背負ってチャリに飛び乗って、ロビーの店に向かった。

ロビーはまだエプロンをしたままで、青梗菜《チンゲンサイ》を店頭に積み上げていた。おれの顔を見ると嬉しそうに笑って、エプロンを外して店の中にいったん引っ込むと、エレキを背負って店の外に出てきた。片手には有り金をはたいて買ったっていう、オレンジのアンプ。すると、店の中からロビーの父さんが出てきて、中国語でロビーに怒鳴った。めずらしくロビーが怒鳴り返した。

瞬く間に、すごい怒鳴りあいになった。ロビーってあんなに中国語喋れるんだ、っていまさらながら感心して、店の向かいにチャリを停めた。ロビーって中国人なんだな、そのとき初めて思った。ロビーはおれのこと、日本人だと思ってるんだろうか？おれは、そんなことといちいち気にしたことなんかない。友だち《マイト》、それだけだ。そんなことを考えているうちに、ロビーが店先に置いてあったホースを拾って、父さんにむかって水を勢いよく飛ばした。いつも中国野菜にかけているみたいに。ロビーの父さんの髪の毛がじっとりと濡れて、菜っ葉みたいにだらりと垂れた。ロビーの父さんはロビーの手からホースを奪うと、ロビーの頭から思いっきり水をかけた。背中に背負っていたエレキのソフトケースはすぐに水浸しになったし、道ばたに転がったアンプも、もう使い物になりそうになかった。

　ビショビショになって悔し泣きを始めたロビーをよそに、ロビーの父さんは、今度はおれに向かって怒鳴り始めた。何を言われているのかはさっぱりだったけど、怒りＭＡＸだってことだけは、よくわかった。チャリのハンドルを握ったまま、おれはうなだれた。

　それを見たロビーが背負っていたエレキを道路に叩きつけた。その一瞬、何かから解き放たれたような、遠い笑顔になった。そのあとは、ふたつの言葉の混ざり合った悲鳴が一気に押し寄せてきて、おれは耳を塞いだ。おれたち、氷点も沸点も同じ、もうこれ以上何も感じたくない、って。

「ヘイ！　ユー！　ジャップ！」

ロビーの父さんはホースの口をロビーからおれに向けると、きつい訛《なま》りの英語でおれを呼びつけた。ホースの水が、おれにも勢いよくかかった。

「ゲット・アウト・ヒア！」

おれはただちにチャリのペダルに足をかけると、車道を横切った。歩道に上がるとき、段差に引っかかって、エレキごと地面にひっくり返った。


その夜、おれはたった一人でステージに出た。おれのエレキは、ピックアップからホースの水が入ったらしく、なにをしてもうんともすんとも言わなかった。自分の貯金に、阿佐谷のおばあちゃんにもらったお年玉を足して買ったアイバニーズ（ロビーにめちゃくちゃ羨ましがられた）。わざわざ日本で買って、飛行機に乗せてこっちに持って帰って、おれ、すっげえ大事にしてたのに。ジェマイマの兄さんがレスポールを貸してくれた。ロビーと一緒にやるはずだった曲を一通りやったあと、「禁じられた遊び」を弾いた。ロビーにとって、ギターは親公認の「禁じられた遊び」なのかもしれない。

ピックを外して、ロビーみたいに爪で弾く。ロビーがやるみたいに、一音、一音、やさしくていねいに。弾いているあいだじゅう、あいつが生まれたっていう「山ばっかりの村」ってどんなんだろうって思った。頭の中に大きな山が近づくと、指先に自然と力が入って、大きな音。遠くに山並みが見えると、鼓膜をかすかにかすめる音。やがて「山ばっかりの村」の上空に日の光が差して、小鳥がさえずり、急斜面に耕された畑に村人たちがしがみつくようにして働くのが見えると、指先にじかに伝わってくる弦のふるえが胸のふるえに変わった。山の村の空気と同じくらい澄み切って、明るくはかない音、のつもり。

おれが弾けるのは、最初の有名なフレーズだけ。これから先が本当のドラマなんだけどな、一番の聞かせどころだし。ロビーだったら、まだまだ弾けるんだろうけどな、ってちょっと悔しかったけれど、そこで演奏を終える。ライブハウスでこの曲は、やっぱり、引かれた。すっげえ白けた。ウォーム・アップどころかクール・ダウンだった。

バックステージに戻ったら、パリスが戸口で待っていた。

「マット、ステキだったわ」

青いドレスの胸元が上下する。濃い口紅。耳元で涙の形をしたイヤリングが揺れる。そういうので話しかけて欲しい、いまは。

彼女に返事するのがめんどくさくて、返事のかわりにキスした。


週明け、ロビーの葬式に出た。

おれが「禁じられた遊び」をやって、みんなを白けさせていたころ、ロビーは家の天井の柱にエレキのケーブルを括り付けて、そこに首をかけて、この世に白けていた。

JJは、これだから、神様はあてにならねえんだよなって目を真っ赤にして、一日中洟《はな》をすすっていた。

キーランは、だれがここまで追い詰めたんだよ、おれがとっ捕まえてとっちめてやるって、ロビーの柩《ひつぎ》にうつぶして号泣した。

ジェイクは、うつむいて静かに涙を流していた。なんにも悪いことしてないのに、なんで死ななきゃいけないんだよって、肩をふるわせながら。

黒光りした霊柩車がつくと木枯らしが立った。柩に掛けられた校旗のワトソン・ブルーが小さくはためいて、無色透明の風が吹き抜けた。秋の空が青ざめた。

おれは、泣かなかった。

自分の葬式に出ているみたいだった。

TERM 3

（三学期）

冬休み、サイクリングの練習に参加した。

学校のトラック、一般の車道、公園の自転車専用レーン、オフロードのダート、ビーチ沿いの遊歩道。毎日、朝の九時から午後二時までいろんな道の表面を走らされて、最後には膝がガクガクした。風の強い日は、ふつうに歩いているときの倍くらい寒かったし、雨の日は、まさに濡れ鼠になった。でも、おれは季節のなかでは冬が一番好きだ。とくに、七月。空気が厳しく張り詰めた感じ。風は氷の針となる。葉をおとした冬木立。サドルの上から見る世界はしゅうっと高速で流れていき、その向こうに、くっきりと、朝霧に包まれた静寂が見える。

インターネットからの募金は、八千ドルを超えた。スポンサーの大半はワトソンの関係者らしいけれど、その他にも、各種団体とか、一般商店、個人からの寄付もけっこうあるらしい。目標額は、東ティモールへのボランティア・ツアーの旅費。チャリティー・サイクリングのメンバー十六人分、となると、まだまだだ。

練習の後は、そのまま直接バイトに行く。休みのあいだは、毎日、午後から閉店まで働かせてもらえることになった。ベーカリーはイースト・オーチャード・クリークにある。おれんちのある西側よりずっと治安も良いし、店があるショッピング・センターには高級車がたくさん停まる。ベーカリーのカウンターにも募金箱を置いてもらった。お釣りをそのまま募金箱に入れてくれるお客さんもいる。バイトが終わるころには、夕闇のなか、パリスが店の前で待っている。

彼女を店からオーチャード・クリークの駅まで送っていくのが、一日じゅう待ち遠しくてたまらない。朝目が覚めて、ベッドの中で「あと十一時間」、ランチを食べながら「あと六時間」、練習が終わるときにも「あと四時間」って数えてしまう。自分でもバカじゃないかと思う。駅まで歩いて行くあいだ、彼女はとてもよく喋る。「女にしたら、喋るのと息するのは同じなんだから、好きなだけ好きなように喋らせてやればいいんだよ」ってJJは言う。昨日は夜遅くまで誰々とチャットして今日は何時に起きただとか、妹とショッピング・センターで何を買っただとか、バイト先の超スノッブが超うざいとか、どうでもいいような話ばっかりだけど、ぺちゃくちゃ喋っているの顔は、とても可愛くって、思わず「くっ！　やべえ！」って口にしそうになるのを、おれは必死でこらえている。彼女はワトソンは今年で終わって、職業専門学校に行く。美容師になりたいそうだ。おれもこの先どうするのか訊かれたけれど、答えられなかった。おれは、サイクリングの話とかバイト先の話とかして、友だちの話とかもするけど、ときどき、なに喋っていいのかわからなくなる。だって、彼女とシェアできることが今のところあんまり見つからないンだよな……。彼女、映画じゃなくて、テレビが好きみたいで（映画は英語のだけしか見ない、字幕読むのがめんどくさい、って言う）、それこそ定番の『ホーム・アンド・アウェイ』（おれがこっち来たときからやっているテレビ・ドラマ。ジェイクなんか子どものころから見ているらしい）とか、チャンネル10のアメリカのドラマが好きみたいだし。今いちばんハマっていることは、ネイル・アートと、いろんな味のスムージーを作って飲むこと。毎日、スナップチャットにその日のネイル（ビーズついたのとか、ボタンついたのとか、花の模様とか）とその日のスムージー（パイナップルとかマンゴーとかトマトとか）の画像をアップしている。おれも一応見ているけど、いちいちコメントするのがちょっとめんどい。

　だけど、たったひとつだけ、シェアできる話題がある。パリスの妹はどうやらWeeaboo《ウィアブー》で、日本に行くのが夢で、日本のアニメが大好きみたいだ。部屋はマンガでいっぱいだし、アニメのフィギアも集めている。なかでも一番のお気に入りは、『セーラームーン』で、コスプレの衣装も持っているってことだ。おれの姉貴も『セーラームーン』は大好きでよく見ていたって言ったら、パリスはケラケラ笑って、「マットのお姉さんはホンモノの日本人じゃない、でも、うちの妹、もう日本人になりきっちゃってんのよ、そんなの絶対に無理なのにね」。だけど、日本のアニメって絵もすごくきれいだし、ロマンチックだし、ウフフ、私も妹のこと言えないかも、日本って、ちょっと憧れちゃったりするわ、って、肩をすくめて、「……マットもステキ」って真っ赤になる。「OH! S**t!（くっ、やべぇ！）」っておれは思わず口に出してしまう。もう、なによ、それ！　って、パリスはもっと真っ赤になって怒る。怒った顔も、すごく可愛い。

ま、おれは、彼女のお喋りに黙って相づちを打つだけ。マット、私の話、つまんない？　って、ときどきおれのこと上目づかいに見る。いいや、っておれは答えるけど、そのあとは、やべぇ、やべぇ、やべぇ、やべぇったらやべぇって、なんかドキドキして、ちょっと黙りこくってしまう。そのあいだ、パリスは「ねえ、マットも、もっとしゃべって、もっと」って、おれの次の言葉を子犬みたいに待っている。

駅に着くころには、あたりは真っ暗になっている。ＪＪに「その時間に女をひとりで帰すな」って言われて、「駅の周りにヤバいヤツいっぱいいるし、もうちょっと早い電車に乗せたほうがいいかな」って答えたら、「金ピカのゆりかごに赤ちゃんなんていうのは、永遠におあずけだな」ってあきれられた。で、最近は、駅に着いたら、すぐにチャリを停めて、彼女と一緒に電車に乗る。

オーチャード・クリークから二つ先の駅で別の路線に乗り換えて、ひとつめの駅で降りる。彼女の家まで夜道を歩く。マット、って彼女がなにか言いたそうに呼びかける。つやつやした髪の毛がひとすじ、ほつれて首筋に流れている。そこに星明かりが滑っていく。彼女が喋るのをやめて、おれを見上げる。青い目いっぱいに、星の雨が降っている。彼女を抱き寄せる。柔らかい髪がおれの胸元で金色のさざ波をたてる。おれの全身が波打ってきて、最初のは触れるだけで精一杯、二度目は温かさと湿り気が欲しくて、三度目はぜんぶ欲しくなって、それからあとは、ずっとこのままで、って思ってしまう。こうしていると、イヤなこと全部忘れてしまう。星に照らされてこの子を見つめているときだけ、抱きしめているときだけ、キスしているときだけ、この体の牢屋のドアが開く。それに、これだと、喋らなくていい。彼女は、もっと、ってもう言えない。だから、一息ついて、もっと、っておれが言えばいい。

二週間の冬休みも終わりに近づいた。

地元のサッカー・クラブをやめてから、体を動かすことが少なかったので、休み中のサイクリングの練習は楽しかった。でも、ことあるごとに、マット・Wがおれのとなりにやってきて、肘でおれの肩を突いたり、あの呪文を唱えながらニヤニヤ顔で走りすぎていく。そのたび、自分でもコントロールできないくらい、エモーショナルになってしまう。イライラしたり、ブチ切れたり、泣きそうになったり、自分でもどうしていいかわからない。で、ペダルを思いっきり漕いだり、逆にのろのろとやる気ゼロになったり。スーパーバイザーのミスター・シノットにはそれで何度も注意された。マット・A、ちゃんと前を見ろ、みんなと速度を合わせろ、って。

その日も、学校のトラックを走ったあと、ランチを食べに噴水広場に行った。ジェイクがリンゴを齧《かじ》りながらおれに言った。

「あいつ、なんだって、おまえにあんなことするんだよ」

あいつのじいさんだかひいじいさんだかが、戦争中、えらい目にあったんだってさ、ジャップにやられたんだってさ、っておれは小さな声になった。ジェイクが顔色を変えた。おまえが日本人だからっていうだけで、あんなことするのか、って大声になった。その火傷だって、あいつのせいなんだろ？　っておれの肘を見た。おれは、黙った。

「あいつ、日本人が嫌いなのか？　おまえが嫌いなのか？　おまえが嫌いだから、日本人が嫌いなのか？　それとも、おまえが日本人だから、おまえのことが嫌いなのか？」

　さあな、っておれは答えた。あいつは、日本人っていうだけで、「もうダメ」って感じだし。おれも、あいつの顔見るだけで、「もうダメ」だし。とにかく、おれたち見た目も中身も違いすぎる。この国、「ダイバーシティー」みたいな言葉で、違う人種や違う言葉、違う文化をひとつに収めているつもりみたいだけど、実際のところ、空からドローンで見たらひとつの国に見えても、近寄って虫メガネで覗き込んだら、まるで世界地図。「ゲットー」のように似たもの同士が自然と集まって暮らして、見えない国境がそのまわりを取り囲む。「マルティカルチャー」じゃなくて、実際は「マルティコミュニティー」じゃないかと思う。違う国の人間がいっぱいいるだけ。違う言葉がいっぱいきこえてくるだけ。違う人種にいっぱいいすれ違うだけ。やっぱり、「違う」っていうのは、ちょっとした拒絶反応を生むのかもしれない。だけど、国や言葉や見た目が違うっていうだけじゃなくって、たとえ国や言葉や見た目が同じでも、人ってみんな違うと思う。ジェイクとおれだって全然違う。ＪＪやキーランだって。

でも、おれたち、ロビーが死んだとき、みんな、同じ気持ちだった。だから、慰めあうこともできた。おれがあいつと同じ気持ちになるなんてこと、いまのところ逆立ちしたって、あり得ない。

おれは立ち上がった。まだ昼休みは残っていたけれど、駐輪場に戻ることにした。ブレーキの具合がまたよくなくて、ミスター・シノットに見てもらう約束をしていた。ジェイクが黙ったままついてきた。砂利道を過ぎると、寄宿舎が見えてくる。休み中なので、学校にはだれもいないけれど、冬休みでも寄宿舎からは生徒の声がにぎやかに聞こえてくる。留学生はほとんど残っているみたいだ。たぶん、ローカル生でも家に帰りたくないやつとか、自分の帰りを待ってくれている誰かがいないやつも。

事務棟の方角に進むと駐輪場が見えてきた。おれのチャリのあるあたりで、だれかがこっちに背中を向けて立っている。校章の鷹がプリントされたヘルメットを被っている。ジェイクとおれも同じヘルメットを片手に抱えている。チャリティー・サイクリングのメンバー専用に支給されたやつ。わずかに、水の音がきこえてきた。雨はさっき、上がったばかりだ。ジェイクとおれは顔を見合わせた。水の音がやんで、そいつが両手でサイクル・パンツをあげる。こっちを振り返った。

ジェイクが持っていたヘルメットを地面に叩きつけて、猛スピードで駆け出した。おれはほんの一瞬、呆然となった。すぐ我に返ると、ジェイクのあとを追いかけた。追いついたときには、ジェイクとあいつは地面に転がっていた。「ぜんぶ、おまえだったんだな!」って怒鳴りながら、ジェイクはマット・Wの顔を殴った。おれがジェイクを抱えてやめさせようとすると、マット・Wは体を起こして、おれの顔を殴った。クラッとなった。マット・Wがジェイクを地面に殴り倒すのが見えた。ジェイクが泥まみれになって立ち上がると、マット・Wの背中を蹴った。マット・Wとジェイクの取っ組み合いになった。おれがジェイクの前に入り込んで、ジェイクを庇《かば》うと、マット・Wは完全にハイドになって、泥だらけの顔をゆがめて、薄ら笑いを浮かべた。

「どけよ、ジャップ!」

おれは黙ったまま、あいつを思いっきり睨み付けた。白の混じった青い目が鈍く光っていた。おれたちがどんなに違っているかってことは、こうやっておたがいの顔見りゃ一目瞭然だ。例によって「おたがいの違いを認め合って、みんな仲良く暮らしましょう」みたいなユルイこと言われるより、こいつの顔を見て、こいつにこうやって「ジャップ」って呼ばれる方がダンゼン、ピンとくる。

「マット、なんで黙ってんだよ! おまえ、こいつに、なんか悪いことしたか!?」

ジェイクが暴れながら叫んだ。

「テリングの言うとおりだ！　おまえ、いつもいつも黙りやがって！　なんとか言えよ！　知らないフリ、聞こえないフリ、見てないフリ、いいかげんにしろよっ！

Fk you!**」

マット・Wはおれにそう怒鳴りつけると、思い切り殴った。おれは泥のなかにうつぶして、動けなくなった。

「おまえが知らないフリ、聞こえないフリ、見てないフリしようが、おれのじいさんはちゃんと覚えてるんだよ、やった方は忘れても、やられた方は一生忘れねえんだよ！」

――おれが知らないフリ、聞こえないフリ、見てないフリしているのは、どうせ、なに言っても、誰もきいてくれないって、いつごろからだったか、すっかりあきらめているからだ。だれだって、自分の国の味方するに決まっている。ここじゃ、みんなオージーの味方するのがあたりまえだ。だから、必死で黙っている。死にもの狂いで黙っている。でも、黙っているからって、何も文句がないってわけじゃない。それどころか、文句言ってやりたいやつは、いっぱいいる。鼻と口に泥が入ってきた。

――とくに、こいつみたいなやつ。おれ、この先、こっちにいる限り、この顔見ただけで言いがかりをつけてくる、こういうヘンなやつの相手、イヤでもしなきゃならない。ヘンはヘンでも、おれだけにヘンなやつ。日本人にだけ、ヘンになるやつ……。

——こいつと同じ種類の人間、この先、いったい何人相手にしなきゃいけないんだろう？　あと一人？　それとも数え切れないくらい？　こいつ一人で、もうたくさんだ。おれはごろりと仰向けになった。あいつが両手をおれの首にかけた。おれは体の力を抜いて、完全に無抵抗になった。

——どうせ死ぬなら、こんなやつの汚い手なんかより、ロビーみたいにエレキのコードがよかったな。惜しいな、もう少ししたら、おれ、誕生日だったのに。twenty-sevenクラブじゃなくて、seventeenクラブ。ロビーも十七歳になったばかりだった。理由は本人が言いたくなさそうだったから訊かなかったけれど、ロビーは小学校にあがるのが一年遅れた。

「ジャップ！」

マット・Wの両手でもなく、エレキのコードでもなく、おれはこの言葉に絞め殺される。見開いたおれの目に、空は遠く高く、暗い海の表面のように広がっていた。そういえば、ここんとこしばらく、おひさま、顔を出さないな。太陽だけは、何人《なにじん》とか関係なく照らしてくれるはずなのに、そっか、おれ、とうとう、太陽にまで見捨てられたかな……。

目を閉じたとたん、ジェイクの大声が聞こえた。ジェイクに背中を蹴られたマット・Wがおれの体の上に倒れ込んだ。そのまま、おれに覆い被さると、おれの顔に自分の顔をくっつけるようにして、気味の悪い声でうめくようにささやいた。

「大昔のことだからって、おれのじいさんみたいな人間のことは、みんな、すっかり忘れちまって……。おまえはもっとタチが悪い、忘れるどころか、知りもしなかったんだからな。いいか、ジャップ、よく聞け、おれは、おれのじいさんがしたように、おれの子どもにも、そのまた子どもにもおまえらがどれだけ残酷なことをやらかしたか、忘れないように、とくと言ってきかせてやる！　じいさんの言う通り、おまえらジャップなんか害虫だ、A-Bomb《原爆》でみんな死ねばよかったんだ！」

長崎に原爆が落ちたとき、おれのばあちゃんは、たまたま熊本の親戚の家に預けられていた。あの日以来、ばあちゃんは親にも生まれたばかりの弟にも会えずじまいになった。もしも、ばあちゃんが親戚に預けられていなかったら、父さんも、おれも生まれてこなかった。でも、いったん生まれてきたからには、おれだって、人間なんだよ！　おまえに害虫扱いされる筋合いはねえんだよ！　おれは片手でマット・Wの肩を摑むと、あらんかぎりの力でマット・Wを蹴飛ばした。マット・Wが地面に倒れた。

こんどはおれがマット・Wに覆い被さった。

「おまえに何がわかるんだよ！　おまえこそ原爆のことなんにも知らねえくせに、原爆の何がわかるっていうんだよ！」

そう言い放つと、思いっきり相手の顔を殴った。あいつの口から滴り落ちる血を見るなり、自分のしたことにショックを受けて、おれはわなわなと震え出した。マット・Wは口の端から溢れた血を片手でぬぐった。

「人殺しがどんな目にあうかなんて、おれに関係ねえや」

マット・Wは鼻をならすと、よろよろと立ち上がった。ジェイクがあいつの背中から飛びついた。小柄なジェイクは、マット・Wにすぐひっくり返されて、ボコられはじめた。おれはジェイクの前に立ちふさがった。

「ふたりとも、やめろ！」

寄宿舎の方から、キャンベル先生が真っ青になって駆けてくるのが見えた。おれが先生に気を取られているすきに、あいつはいきなりおれの脇から殴りつけてきた。

「やめろ！」

息せき切って走ってくるキャンベル先生を無視すると、おれはもうなんの迷いもなく、マット・Wを殴り返した。まるで腹減ったらメシ食うみたいに、眠たくなったらベッドで爆睡するみたいに、それから頭の中で彼女を裸にして済ませるみたいに、欲望にまかせて、自動的に反射的に殴った。殴れば、殴るほど、殴りたくなった。殴っても、殴っても、殴り足りなかった。何も考えてなかった。何も感じなかった。あいつに伸ばした拳が鋭い蹄《ひづめ》になり、叫び声をあげるたび口に牙が生え、その叫び声が喉にからまって獣のような低いうなり声にかわった瞬間、おれの中の悪魔がおれにこうささやいた。——もっと殴れ。これは正しいことなのだ。正しいのは、このおれなのだ。このおれがやることは正しい、これは正しい悪、すなわち善なのだ。おれたちは地面に転がって取っ組み合いになった。こいつのほかにも、おれを「ジャップ」って呼ぶやつは、片っ端から殴ってやる！　「ジャップ」って誰だよ!?　顔も知らない、名前も知らない、不特定多数のやつらから、それこそ害虫みたいに嫌われて憎まれて蔑《さげす》まれて呪われて、おれって一体何なんだ？　おれなんか、生まれてこなきゃよかったんだ！　I hate myself!

「やめろ！　聞こえないのか！」

キャンベル先生がすぐそこまでやってきていた。おれは構わず、マット・Wの上に馬乗りになった。殺してやる、殺してやる、殺してやる、って、血の混じった唾をあいつの背中の上に垂らしながら、マット・Wの髪の毛を引っ張った。指に絡みついてくる金髪のクモの糸のような細さ、絹のようなしなやかさ、そして真綿のような柔らかさに、おれはハッとなって手をひっこめた。マット・Wはおれをふりかえると、ありったけの憎悪を込めた目でおれを見つめてきた。熱い息をついて、金臭《かなくさ》い血をしたたらせて、生き物のにおいをぷんぷんさせながら。こいつもおれと同じ人間の形をした獣だ、悪魔だ、だけど、あのあたたかくて、やわらかくて、かよわい生き物、この腕に抱くだけですごく素直になれて、こんなにかわいくてきれいなものを自分のものにできるなんて、もしかしたら、おれは自分が思っているほどつまらないやつじゃないかもしれないって力が湧いてきて、すべすべしたほっぺたに触れるだけで体じゅう熱くなってくる、あの子と同じ生き物、同じ人間だ……！　おれはもうひとりのおれ、死にものぐるいで黙っている「マット・A」に戻ると、マット・Wから体をはなして、そのまま地面に座り込んだ。ジェイクもぐったりとなって、その場に座り込んだ。マット・Wは地面にごろりと大の字になった。

「ふたりとも……、それで、気が済んだか？」

キャンベル先生がおれたちのところへやってきた。ジェイクが大丈夫なのを確かめると、マット・Wを見下ろす。大丈夫か、マット・W？　と、キャンベル先生がしゃがんであいつに手を差し出した。さわるなッ！　寄るなッ！　あっちへ行けッ！　と、ハイドのままのあいつがキャンベル先生に怒鳴った。よろしい、まだ元気が有りあまっておるようだな……、それにしても、きみは、そんなふうにわめいて暴れることしかできんのか、とキャンベル先生のあきれたような、小さな笑い声がした。キャンベル先生はふたたび立ち上がると、おれの前に仁王立ちになった。おれは、先生と目をあわせられずに、地面に座り込んだまま、うつむいた。

「こっちのマットは、そんなふうにうつむくことしかできんのか」

おれは黙ったままキャンベル先生を見上げた。先生は深い息をつくと、泥だらけの地面におれと並んで腰を下ろした。

「きみは、うつむいて黙っていることしかできんのか？　ん？」

返事のかわりに、おれは唇をふるわせて、なんども頷いた。


マット・Wとジェイク、そしておれは、キャンベル先生にシーハンの部屋に連れて行かれた。シーハンはその場でおれたちの親に電話をかけた。キャンベル先生とシーハンに事情を説明しろと言われて、ジェイクひとりが事細かく一部始終を話した。マット・Wとおれはそっぽを向いて、おたがい一言も喋らなかった。しばらく待っていると、ジェイクの母さんが部屋に入ってくるなり、おれたちの顔を見て悲鳴をあげた。

「マット・A、きみのお父さんに連絡がつかないんだが、心当たりはあるかね？」

シーハンは上目遣いにおれを見た。ジェイクの母さんが涙目になって、ティッシュでおれとジェイクの顔を交互に拭きながら、マットのお父さん、お家でお仕事してるんじゃなかったかしら？　と首を傾げた。

どうせ、また酒飲んで酔いつぶれてるんだ。おれは黙ってジェイクを見た。ジェイクも黙っておれを見つめ返した。

校長が入ってきた。マット・Wの叔母さん――あいつのじいさんを施設に入れて、あいつを引き取った人――を従えて。

「ミスター・ダン」

シーハンが机から立ち上がった。校長をこんなに間近で見るのは、入学オリエンテーションのときと、スカラー・バッジをもらったときと、一般数学の試験でハイ・ディスティンクションの賞状をもらったときだけだ。おれたち三人は校長の前に並んで立たされた。

「アンドゥ。コーエンによると、ウッドフォードがきみの自転車に小便をひっかけたので、コーエンが殴った、それがおまえたち三人のケンカのはじまりだということだった。それは事実か？」

シーハンが顔色ひとつ変えずおれに訊いた。

「テリング！」

マット・Wがジェイクに毒づいた。ジェイクは両手を握り拳にして、ぐっとガマンしていた。

「ウッドフォード！　それ以上、暴言をつづけると、今すぐ停学処分にする、いいな？　それと、ウッドフォード。きみはアンドゥを冒瀆《ぼうとく》するような言葉を使い、暴力をふるった。それに対して、コーエンとアンドゥが同じく暴力で応対した。それは事実か？」

冒瀆するような言葉？　あれってそうなんだ？　ジキルからハイドになる呪文。あの呪文は、おれにとっても、おれがおれでなくなる言葉、もうひとりのおれ、野獣のおれが暴れ出す呪文だ。

「その通りだよ！　だって、こいつ、ここにもパール・ハーバーがあるってこと、知らなかったんだ！　昔のことだからって、ナメやがって！　だから、おれがあの手この手で教えてやったんだよ！　それなのに、完全に無視しやがって、なんのリアクションもなかったんだぜ？「そんな昔の話、ボク知りません」って、あくまでもシラを切って、おれだけが大騒ぎしてるみたいに恥かかせやがって！　恥ずかしいのは、何にも知らないこいつの方だろ！　この国の兵隊の墓の上を平気で歩くようなマネしやがって、こんなやつ、天罰が下ればいいんだ！　だって、みんな言ってるじゃねえか、ジャップに戦争をやめさせるのには、A-Bombは、正解だったたってな！」

　それを聞くなり、壁際にいたキャンベル先生がおれたちのところへやってきて、今の発言はたいへん残念だ、とがっくりと肩を落とした。

「マット・W。きみは、私の前では、常に良い生徒だった。しかし、きみには、ほかの顔があることにも気がついていた。それゆえ、私はきみには演技の才能があると思っていた。良い生徒を演じるなら、なんとしてでも最後まで演じきればいいものを。きみのは演技ではない、全身を使ったウソだ」

　そして、みるみるうちに顔が真っ赤になって、顔から髪の毛が一本もない頭まで真っ赤になった。私の言っていることが、わかるか!?　と大声をあげた。同じ絶叫系でも、シーハンとキャンベル先生では頻度と強度が違いすぎる。こっちまで、体が震えてきた。

「マット・W。いま、みんな言ってる、と、きみは言ったな？　みんな、と。きみは自分の頭で考えるということをしないのか？　きみのような人間には、人の痛みや悲しみを感じ取ることはできず、それを自分のこととして考えることもできない。すなわち、なんの役をやらせても、同じだ！」

　キャンベル先生がおれの方を向いた。

「マット・A。これだけは忘れるな。人と関わるのをやめるということは、人間をやめるということだ。人と関わること自体が、生きていることであり、人間であるあかしなのだ。そのために言葉があるのだ。暴力ではなんの解決にもならない！」

　キャンベル先生がジェイクに向かって、きみもそうだぞ、と低い声で言った。そして、マット・A、マット・W、とキャンベル先生はおれたちをふりかえった。まだ、やるのか？　まだ、殴るのか？　まだ、足りないのか？　とおれたちに交互に訊いた。最後に大きなため息をついたあと、おれたちを見据えた。

「無関心は最大の罪だ」

　そして、真っ赤な顔で、あいつとおれに向かって怒鳴った。

「きみたちふたりは、おたがいを知らなすぎる。ひとりよがりも甚だしい。まだわからんのか!?　無知は誤解を生み、誤解は憎悪を生み、憎悪は暴力を生む。それに、戦争は前の世代でたくさんのはずだろう!?　ふたりとも、そろいもそろって、大バカモノだ！」

　その場で腕を組んで立ったままでいた校長が、おれたち三人を順に呼んだ。マット・ウッドフォード、マット・アンドゥ、ジェイク・コーエン、挙手せよ、と命令した。

「ワトソン・カレッジ開学の精神とモットーをあげよ」

おれたちは右手を挙げると、入学以来、全校集会で、朝のホームルームで、ハウス・イベントで、そしてシーハンの前で、さんざん繰り返し言わされているフレーズを言う。新しい国のための、新しい世代のための、新しい人のための、自由で開かれた教育。信頼、平等、社会貢献。

「きみたちの本日の行いは、そのすべてに当てはまらない。学内での暴力、ならびに言葉の暴力は決して許されない。よって、きみたち三名に来週の新学期より一週間の謹慎を命ずる。それぞれの所属ハウスより二十ポイント減点」

停学の方がいいのに、っておれは思った。謹慎だと、学校に授業じゃなくて「生活指導」を受けに来なくちゃいけない。しかも、もう三学期になるっていうのに、今頃ハウス・ポイント減点なんて、ハウスのみんなにすっごい迷惑かける。学年末に発表のハウス杯で最高得点を取ったハウスは、翌年度、テニス・コート、スイミング・プール、ホール、グラウンドなどの施設を優先的に利用できるのが、ワトソン伝統のルールだ。

「謹慎中の生活指導は、いつもどおり、私が担当ということで、よろしいか。では」

シーハンが口を挟む。あー、こいつの粘着系の生活指導を五日間も受けるのかよ、っておれは思わず声に出してしまった。ブッ、とジェイクがうつむいたまま吹き出すのが聞こえた。ジェイクは、もう慣れっこになっているらしい。マット・Wはものすごい目でシーハンのことを睨みつけていた。キャンベル先生がシーハンを遮った。

「ファーガス。マット・Wとマット・Aについては、私に任せてもらえないか。ふたりとも、私のドラマの生徒なんだ」

シーハンが返事しないうちに、来週一週間、寄宿舎で寝泊まりしなさい、とキャンベル先生があいつとおれを見た。

その日は、ジェイクの母さんに車で家まで送ってもらった。

マット、今夜はうちに泊まりなさい、夕食はあなたたちの好きなシェパーズ・パイにするからって、ジェイクの母さんはおれの顔とジェイクの顔をかわるがわるに見ながら、何度も言ってくれた。いつもどおり、優しい声。いいや、いつも以上に優しい声。なんか、ヤバい。家の前で車を飛び降りて、バイト先に電話をかけた。体調が悪いので休ませてください、って連絡する。いつもほとんど喋らないオーナーの奥さんが、たどたどしい英語で訊いてきた。マット、ほんとうに大丈夫なのですか、お休みする、初めて、って心配そうな声。いいや、本当に心配してくれている声。これもヤバい。パリスにも同じことを電話で言う。明日は会える？　って、甘えた声。ねえ、マット、私のこと、どれくらい好き？　おいおい、なに言ってんだ、おれ、いまそれどころじゃねえんだけど、って怒りそうになったけど、明日、教えてやるよって返事する。今日は、彼女の声がワガママに聞こえる。マジ、ヤバい。

夕闇がうしろから迫ってきた。玄関のドアの前で靴を脱ぐ。デカイ男物のとなりに、女物が一足。子どものが一足。

「Booooo!　マット、びっくりした!?」

女の子がドアの陰から飛び出す。なんなんだよ、このガキは!?　って、怒鳴りそうになるのをぐっとこらえる。最近、集金日だらけだ。

玄関脇にある戸棚の上に、日本語の印刷された段ボール箱が置いてあった。母さん、また、なにか送ってきたんだ？　そういえば、このあいだ、日本のテレビで外国人観光客が爆買いする「神薬《かみやく》」っていうのをやっていて、熱出たときにおでこに貼るブヨブヨしたやつとか、目薬とか、湿布とか、母さんがおれにも送ろうかって言ってた、って姉貴がスカイプで話してたっけ。神薬？　神様の薬？　そんなもの、あるわけねえだろ？　おれは、頭痛だろうが歯痛だろうが腹痛だろうが、スーパーマーケットで売っている「パナドール」でぜんぶ済ませる。それに、神様なんて、おれにとっては、市販薬と同じで、ただの気休めなんだよ。

段ボール箱をそのままにして、廊下をズカズカと歩いていった。料理のにおいがしてきた。

「真人か」

キッチンで父さんの声がした。連絡とれないって、いったい何してたんだよ？　なんか機嫌がよさそうだ。この調子だと、ワトソンからメールで「謹慎処分」の通知はまだ届いていないらしい。キッチンをチラッと覗くと、オーブンの前に立っていたアナベルと目があった。いつもどおり、すまなそうな顔、いいや、本当にすまないって思ってる顔。だって、おれ抜きで、家族ごっこやってたんだし。で、顔も見られたくなかったし、メシいらないって言って、自分の部屋に行くことにする。父さんが、真人、って、おれを背中ごしに呼び止めた。

「今日、大口の商談がまとまったんだ。アナベルが勤め先の会社の同僚におれのこと紹介してくれてさ、その人、日本人が多い地区の担当やってるんだよ、で、彼のお客さんのなかに、販売店を経営している日本人がいたんだ。やっぱり頼りになるのは日本人だよなァ」

それを言うなら、やっぱり頼りになるのは友だちだろ、ほら、あんたの目の前にいる女友だち、って、おれはイラッとした。思わずふりかえってみると、これで、おまえの学費も来週にはちゃんと納められる、って、父さんはビールを一口。この人、ほんとに恩着せがましいんだよ、めんどくさいことぜんぶ人にやらせておきながら、名刺代わりに「自分は日本人だ」って自分を差し出してカッコだけつけている場合か、そんな調子だから、いつまでたっても浮いてるんだよって、おれはだんだんイライラしてきた。

「ワトソンから、東ティモールにボランティアに行くんだろ？　参加許可書にサインしておいたぞ。こっちの学校は本当に熱心だよな、そういうこと。ああ、それから、参加許可書と一緒にパスポートのコピーが必要だそうだ。おまえのパスポート、出しておいた。ここに置いておくぞ。無くすなよ、これ、命の次に大事なんだからな」

おれのイライラに反比例して、父さんときたら笑い声まで上げて、テンション上がりまくり。そういえば、おまえのパスポート、有効期限いつまでだったっけ？　って、おれのパスポートを開く。……おれ、この先もずっと、パスポートの期限を気にしながら、この人の機嫌も気にしなくちゃならないんだろうか？　そういうの、もうたくさんだ……。

「マット、どうしたの、それ？」

アナベルがオーブンのドアを閉じて、おれに近づいてきた。いつもだったら、遠くからおれのこと眺めているだけなのに、このときは、さっとオーブンの前から離れて、おれの目の前に立った。シャツもサイクル・パンツも泥だらけだし、顔は殴られた痕がじわじわと青あざに変わりはじめているはず。口の中では、ずっと血の味がしている。おれは、それ以上、アナベルと目を合わせていられなくなって、うつむいた。

「痛そう……」

アナベルの指先が、おれのこめかみに触れた。ヤバい。ヤバいったら、ヤバい……！

「Leave me alone!（触るな！）」

アナベルの手を振り払ったとたん、おれの手が彼女の顔を直撃した。

「真人！」

父さんがビールを置いて、テーブルから立ち上がった。

「おまえ、今、何した？」

「Ha? What are YOU doing right now?（父さんこそ、今、何してるんだよ？）」

父さんはテーブルを離れると、おれの前に仁王立ちになった。いつも父さんの日本語につられて、父さんには日本語で返事するけど、この人に言葉をうつされるの、そういうのも、もうたくさんだ。

「アナに謝れ」

「You apologize to me first, you know why? (あんたが先、おれに謝れよ。なんでかわかるか?)」

父さんがおれから視線をそらした。おれが英語を使うと、おれの話を本気で聞く気が失《う》せるらしい。

エイプリルが脅えた顔をして父さんに駆け寄ってきた。父さんはエイプリルを抱っこすると、なんでもないって顔をしてみせた。女の子を自分の膝にのせて、テーブルに座り直す。今日、キャンベル先生に言われたことを、そのまま、口の中で繰り返した。マッチを何本もするように。このまま、英語でぶっ放してやりたい。でも、英語のマッチはおれのこれまでのイライラやモヤモヤで湿っていて、なかなか火がつかない。で、日本語のマッチに切り替える。普段はほとんど使わないせいか、説明もヘリクツもおせじもウソも、この言葉とはすっかり疎遠。長い間放ったらかしにしていたせいか乾ききっていて、すぐに火がついた。おれの胸の中で一気に燃え上がる。日本人にトドメ刺すんだったら、日本語に限る。無関心は最大の罪だ。

「父さんはいいとこどりばっかだって言ってんだよ! あんたがどんだけ周囲に無関

心で自分のことしか頭にないかは、あんたの喋り方きいてりゃわかるんだよ！　I think, I want, I hope…いつまでも「I」ばっかで始めてんじゃねえよ！　もうそろそろ、ゲンジツ、見ろよ！　今日だって、おれがどんな目にあったか、知らねえだろ？　なんかあったら自分は日本人だって言うけどさ、いいかげん、日本のジマンするのやめて、自分自身をジマンできるようになれよ！」

次の瞬間、テーブル越しにゲンコツが飛んできた。よろめいて、床に手をついた。テーブルからビール瓶が落ちて、おれの傍でガチャンと割れた。子どもの泣き声があがった。「辛口スーパードライ」って日本語のラベルが目に入った。こっちのビールをさんざん試した挙げ句、今じゃ、地元産より割高でも、この日本語のラベルじゃなきゃ飲まない。おれはそれをガラスの破片ごと拾うと、ゆっくり立ち上がって、泣きじゃくっているエイプリルをなだめている父さんの目の前に持っていった。

「父さんは、これと同じだ」

父さんは、体を硬くして、はじめて会う人間のようにおれをおずおずと見た。

「そうやって、いつまでも日本人っていうラベルを顔に貼り付けてろよ！　一体、ここ、何年住んでるんだよ？　五年？　六年？　いいかげん、お客さんでいるのはやめろよ？　観光客じゃあるまいし！　日本人だっていうだけで、おれがどんなに不自由しているか、あんた、知らねえだろ？　何十年も前の話を、あんたらがシカトしたせいで、今になっておれたちがどんな目にあってるか知らねえだろ！　あんた、いまだに何にも知らねえんだよ、日本人にとって、都合のいいことしか知らないんだ！」

おれの大声にエイプリルがさらに大泣きしはじめた。アナベルがやってきて、マット、私が悪いのよ、ごめんなさい、って涙声になった。おれと父さんが何を言ってるのかわからないのに謝っている。わからないからって、なんでも謝って済まそうとする。しかも、いまみたいなタイミングで謝られると、もう憎たらしいったらありゃしない。父さんはエイプリルを膝から降ろして立ち上がると、怒りの形相でおれを見た。

「親に向かって……！」

「親？　このあいだ、あんたが車で事故ったとき、相手のドライバーに言い返してやったの、誰だよ？　もうちょっとで、あんたのせいにされるところだったんだぜ？　なんでか、わかんねえのか？　オフィス借りるときも、あんたの顔を見たとたん貸さないって家主のやつゴネちゃってさ、文句言ってやったの、誰だよ？　まだわかんねえのか？　そのツラさげて、あんな喋り方してりゃ、足下見られて当たり前だろ！　家賃をいきなり値上げしてきたときも、あんた、おれがいなけりゃ、あの家主のいいなりだったじゃねえか？　しつこい宗教の勧誘もセールスも、いつも誰が追い払ってやってるんだよ！　もう、いいかげん、人をあてにすんな！　……あんた、さっきおれの学費を払ってやれるって言ったけど、おれは半額しかかかってない。学校のテキストも文具もスマホのチャージも、カンティーンでメシ食うのも、チャリのタイヤの修理もサイクリングのユニフォーム代も、全部自分のバイト代でやってる。おれ、自分のめんどうはできる限り自分でみてるつもりだ。あんたも、この国にいるって決めたんだったら、自分で自分のめんどうみられるようになれよ⁉　親？　親？　親？笑わせんなっ！」

「おまえにはわからない、父さんがどんな気持ちで」

「おまえにはわからない？　それって、あんたが母さんとケンカするときの決めゼリフだろ？　そのセリフ、母さんを黙らせるには効果大だったかもしれないけど、おれには全く効かないぜ。あんたこそ、母さんの気持ちも、おれの気持ちも、まるでわかんねえんだよ！」

「なんだと⁉　誰のおかげで、こっちにいられるんだ！」

「あんたのおかげだよ！　あんたとこっちでこうしていられるおかげで、おれ、何もできないんだよ！」

もう一発ゲンコツが飛んできた。今度はそれをかわす。バランスを失ってよろめいた父さんを殴り倒す。アナベルが悲鳴をあげて床に倒れ込んだ父さんに駆け寄った。エイプリルがさらに大きな声をあげて泣きわめいた。おれは息を切らせて、その場に立ち尽くした。

ふと、視線をはずすと、テーブルの上に自分のパスポートがあるのに気がついた。「日本国旅券」って漢字で書いてあって、その下には「JAPAN PASSPORT」ってアルファベットで印刷してある。これを持っていたら、世界中どこへ行っても日本人でいられる。日本人の最強のラベル。だから、命の次に大事ってことらしい。おれは青い表紙に手をのばした。ガラスで切った傷口から血の粒がこぼれて、菊の花びらの上で赤い夜露になった。表紙をめくる。

「日本国民である本旅券の所持人を通路故障なく旅行させ、かつ、同人に必要な保護扶助を与えられるよう、関係の諸官に要請する」

まいったなァ、「request《ヨーセイ》」だってさ？ なんか、シーハンに怒鳴られているみたいだ。クソ丁寧な言葉で無理難題言うな、つーの。いったい何様のつもりなんだ？ こういうウルトラ・メガ級のイバりくさった態度、なんでも「フェア《適切》」じゃなきゃいけないこの国で一番嫌われるの、知らねえのか？　……それにしても、なにテキトーなこと言ってんだよ？　おれ、いままで「a Japanese national《ニホンコクミン》」やってて、「every possible《ホゴ》 aid and protection《フジョ》」を「afford《アタエル》」されたことなんか、一度もなかった、たった一度も。それどころか「ニホンコクミン」をやってるせいで、おれ、なんにも悪いことしてないのに、「ジャップ」って言いがかりつけられてるっていうのに!?　それに、おれに「ホゴフジョ」を「アタエ」てくれたのは、ジェイクとかＪＪとかキーランみたいな友だちとか、先生たちとか、クノール生の仲間とか、ジェイクの家族とか、バイト先のオーナー夫妻とか……、全員挙げたらキリがない。とにかく、おれの味方になってくれるのは、おれを守ってくれるのは、こんなピラピラした紙切れじゃねえんだよ！　ふざけんなっ！　ページをめくる。

「姓／Surname　ANDO　名／Given name　MASATO　国籍／Nationality JAPAN」

　こいつ……、まだいたのか！　こいつのせいで、恥ずかしい思いしたり、遠慮したり。死にたくなったり、人殺したくなったり。太陽にまで見捨てられたり。こんなやつ、こんなやつ、こんなやつ……、おれは写真をじっと見つめた。

「I hate you!（マットなんか、大ッ嫌い！）」

女の子の叫び声に、おれは振り返った。エイプリルが涙に濡れた大きな目で、おれを睨み付けた。

「I'm sick of hearing that!（おまえに言われなくても、わかってんだよっ！）」

表紙を破ろうとして、うまくいかない。キッチン・ベンチの上にあったキッチンばさみに手を伸ばす。テーブルの上にパスポートを載せて、一瞬息を止める。ハサミの刃先を振り落として、何度も表紙に突き立てる。いくつもの穴があく。顔写真のページを引きちぎって、表紙と一緒にハサミで切り刻む。

「真人！」

父さんが大声で叫んだ。立ち上がって、おれの肩を摑むと、もう一度殴りかかろうとする。

「その名前で呼ぶなっ！」

父さんは顔面蒼白になって、おれの前で棒立ちになった。父さんの目の前で、ほかのページもめちゃめちゃに切り刻んで床に落とす。ジャキジャキ、ジョキジョキと、最強の日本人のラベルが、そのラベルをかくれみのにしていた Masato Ando が、バラバラになって床に散っていく。床にかがみこんで、紙屑もしくはゴミを両手でかきまわす。最後に両足で踏みつけて、踏み倒して、踏みにじる。その姿勢のまま、父さんの方に向き直る。父さんはわなわなと全身を震わせていた。唇のあいだから、血に染まった歯が見えた。

「なんてことするんだ！　おまえは日本人だろ!?」

「おれは、あんたみたいに、好きで日本人やってるんじゃねえよ！　おれ、あんたみたいに、なんでもかんでも日本人で済ませたくねえんだよ！」

「この野郎……！　そんな口の利き方をさせるために、おまえをこっちに残らせたんじゃないぞ！　自分の親に逆らうってことは、自分の国に逆らうのと同じだ！」

自分の親に逆らう？　自分の国に逆らう？　おれは頭の中で、父さんにたったいま言われたことを繰り返した。そうか、ロビー。これだから、おまえ、ああするしかなかったんだ……!?

「Enough is enough!（もう、たくさんだ！）」

そう叫ぶと、急に体中の力が抜けた。しゃがみこんで、あちこち血の色に染まった「命の次に大事な」もののかけらをかき集めた。バラバラになった自分の顔、バラバラになった自分の名前、バラバラになった自分の国籍。おれ、バラバラ、だ。いつも憧れていた、バラバラに浮かぶ雲、バラバラに光る星、バラバラに飛び立つ鳥たち……。

みんな、一人きりを手に入れて、芯から輝いている。なんて自由なんだろう……!

自分のかけらの一つを指でつまんで、黄色い電球にかざした。電灯が明るすぎて、光が目にしみる。テーブルの上に、ブラックホールが小さな島のように浮かんだ。いちど落ちたら二度と這い上がれない深淵。目を閉じる。瞼の裏に光が差して、闇を奪われた孤島が哀しみにくれはじめた。

小さすぎて、バラバラになれない、島——父さんと、おれの牢獄。


三学期の初日、リュックにパジャマと着がえと歯ブラシだけ突っ込んで、ジェイクとチャリで「謹慎中の生活指導」を受けに行った。

冬休みのあいだ、おれはほとんど勉強しなかった。休みがはじまるちょっと前、シュミットが、全額給付生の欠員が出たから、試験を受けられるように推薦状を書いてくれるって言っていたけど、それって、ロビーの身代わりみたいで、その気になれなかった。どのみち、父さんが電話口で謝ったり、うっとうしい顔してPCの画面を眺めたり、請求書の山を横目に飲んだくれたりしている家でなんて、とてもやる気なんかでなかった。とにかく、おれんちはめんどくさいことだらけだ。

あの夜も、これ以上めんどくさいことはたくさんだったので、血だらけのまま家を飛び出して、ジェイクんちに泊めてもらった。ジェイクの母さんには驚いた顔をされたけど、何も訊かないで家の中に入れてくれた。ジェイクの父さんは仕事からまだ帰って来ていなかった。メルユニ《メルボルン大学》の医科に通っているキオナ姉さんとナース志望のシャナイ姉さんが、意気揚々とおれの傷の手当をしてくれた。ビアンカ姉さんはボーイフレンドと国際バカロレアの試験勉強をしていた。マット、メシまだだろ、ってジェイクがシェパーズ・パイの残りを出してきてくれた。足を引きずっていた。ケンカのとき、足首をひねったらしい。おれが謝ると、おまえのせいじゃないし、あいつ殴ってスッキリした、って笑ってから、最後の試合にも出たし、そういう時期だったんだよ、って、久しぶりに晴れ晴れした顔をしていた。サッカーやめるのかよ、これからどうするんだよ、っておれが訊くと、父さんと母さんには言うなよ、シャナイ姉さん以外だれも気がついてないんだ、って、おれに口止めしてから、ハイスクールを卒業したらイモジェンと結婚する、って宣言した。こいつがみんなにかくれてだれかとつきあってるのは知ってた。シャナイ姉さんの友だちで、しかも四つも年上だっていうのも、シスコンで通っているあいつにしたら、言い出しにくかったみたいだ。だけど「プランAのプロのサッカー選手を忘れて、そろそろプランBの実行に移らなきゃいけない」と腹をくくった様子で、「おれのプランBはイモジェンと結婚することだ」と言い切った。おれがワトソンを終えるころには、イモジェンはナースになっているだろうし、ひょっとしたら、彼女、そのあと助産師になるかもしれないんだ、夜勤とか当直が多い人のパートナーには、どんな仕事が合うんだろうな？　って、マジで考え込む。おれは驚きで口をあんぐりさせた。ハイスクールを卒業したら結婚。いかにも、ジェイクらしい。そのままズルズルと冬休みが終わるまで、ジェイクんちで過ごした。

今朝もジェイクんちから学校に来た。

　駐輪場からジェイクはシーハンの部屋へ直行。ジェイクはものすごく憂鬱そうな顔をしていた。まだ足首が痛いのか訊いたら、そうじゃなくて、「必修英語のテキストを持ってくること」って、シーハンからリマインダーが来たということだった。おれは寄宿舎に向かって歩き出す。

　マット・Wがチャリでやってきて、駐輪場にチャリを停めるのが遠目に見えた。あいつもおれも、サイクリングの練習、一週間、お預けだ。この一週間は、寄宿舎であいつと顔つきあわせてなきゃいけない。あいつが、おれのあとからついてきたので、おれは駆け出した。

学校の授業時間のあいだは、「私の部屋の掃除を頼む」というキャンベル先生の言いつけ通り、寄宿舎の掃除や片付けをして過ごす。舎監室、つまりキャンベル先生の部屋は、男の一人暮らしとは信じられないくらいきれいに片付いていた。例外はトイレ。小さな明かり取りの窓の桟に、ペーパーバックが堆《うずたか》く積まれている。水のタンクの上にも、ハードカバーの本が開いて伏せてある。トイレット・ペーパーの上にも本が立てかけてあった。便器に腰掛けて、『An Actor Prepares』の最初のチャプターの数ページに目を通す。バスルームには、手洗いのベイスン《水受け》の脇にハンドソープと歯ブラシ、歯磨き粉、それから空のワイングラス。ラックの鏡の扉を開けると、カミソリ、「デトール消毒クリーム」、鎮痛剤の箱なんかが整然と並ぶ。扉の裏の間仕切りに古ぼけた写真が挟んであった。髪の毛のあるキャンベル先生が、ぬいぐるみを抱えた小さな女の子を抱きかかえている。ふたりのとなりには、ほっそりとした女の人。写真のなかの家族にせき立てられるようにして、急いで扉を閉める。

ランチの時間には、食堂が寄宿生でいっぱいになった。ふつうのメニューのほかにも、ハラルやコーシャーフード、アレルギー食品を使わないメニューもあった。ベジタリアン料理の列は短かったので、その日はベジタリアンにした。おれ、なんでも待つのは苦手だ。

あいつが、おれのトレイにのったベジタリアン・ラザニアを見て、うえええーっと声を上げた。「そんなの料理じゃない」って、おれに言った。おれの隣で同じようにベジタリアン・ラザニアをオーダーしていたやつが、しゅん、と肩をすくめた。それを見たとたん、あいつをまたブン殴ってやろうかって思った。みんなおまえと同じ味覚じゃねえんだよ、って。

「ここ、日本食とかも、あるの？」

となりに座っていたやつに声をかけてみた。見たことないやつ。顔はカフェオレ色でてらてらしていて、髪の毛クルクルで、目はクリクリ。ブレザーの襟に「I《インターナショナル生》」のバッジ。おれの顔をじっとみて、目をパチクリさせた。英語わかんないんだな、どうすっかな、って思っていたら、そいつが、「スシ」ってボソッと言った。おれ、小学校のとき、さんざん「スシ」って呼ばれたし、ワトソンきてからも、おれの髪の毛、スシみたいだって笑われた。あーあ、って、大きなため息をつきそうになったとき、スシ、デリシャス、ってそいつが言った。そいつの前にいたやつが「Yummy《うめえ》」ってそいつに教えた。そいつを囲んで、みんなが「Yummy」を連発して、ケラケラ笑った。おれもつられて笑いながら、そうだ、おれも、たしかこの順番で覚えたよな、新しい言葉、って思い出した。笑われて、笑いあって、最後に笑い飛ばす。

ちょっと時間がかかるけど、バカ笑いするたびに、声かけてくれるやつ、増えたんだった。

「おれ、マット。またな」

I生たちとハイファイブして、おれはテーブルを立った。向こうのテーブルでマット・Wがひとり、ふつうのラザニアにフォークを突き立てながら、こっちを不思議そうに見ていた。


教室棟から授業終了のベルが聞こえてくると、「放課後、ドラマ・ルームに来ること。動きやすい服装で」というキャンベル先生の言いつけ通り、サイクリングのチーム・ユニフォームに着替えて、ドラマ・ルームに行った。あいつもおれと同じユニフォームで現れた。

キャンベル先生はネクタイを外して、いつも座っているパイプ椅子に座っていた。おれがウィンドブレーカーを脱いで半袖になると、マット・Wがおれの肘のあたりをじっと見つめてきた。なにジロジロ見てるんだよ、っておれが口を尖らせると、あいつが訊いてきた。

「すげえな、それ。どうしたんだよ？」

おれはその一言で、完全に頭に血が上ってしまった。

「やった方は忘れても、やられた方は一生忘れねえんだよ、確か、おまえ、そう言ったよな？」

おれがそう言うと、あいつは「Ha?」って、おれのことを一瞬小馬鹿にしたけど、人に火傷させて、おまけに入院までさせておいて、なあんにも覚えてないんだ？　って、あいつに火傷の痕がよく見えるように肘を上げて、地味に毒づいてやったら、さっと顔色を変えた。

キャンベル先生が両手をたたいて合図したので、おれたちはその場で直立した。本日のウォーム・アップは「ウェザー・ウォークス」。マット・Wとおれは、おたがいにぶつからないように注意して部屋を歩き回る。歩くことに集中。会話は一切なし。

「雨と雹《ひょう》が降ってきた！」

「春風が吹いてきた！」

「どんよりした雲がでてきて、嵐！」

キャンベル先生の一言で、天気がコロコロかわる。それに合わせて、おれたちは即興をやらなければならない。そのあと、場所が加わってくる。

「ここはジャングルだ！」

「エベレストの頂上へ！」

「地下鉄！　ロンドンの！」

休憩の合図をすると、キャンベル先生は愉快そうにおれたちを眺めた。

「謹慎中の課題として、きみたちにはこれを与える」

キャンベル先生は衣装部屋から「オモチャ箱」を抱えてきた。箱のなかに手を突っ込むと、見覚えのある白いマスクをいくつか取り出して、あいつとおれにひとつずつ手渡した。今年の初めに「名前ゲーム」で使った白マスク。「マット、マスクのM」って。で、こいつにさんざんイヤミ言われたんだった。おれはマスクを片手で持って、マット・Wをチラリと見た。あいつが、唇の端をゆがめて笑った。

「それ、どんな顔に見える？」

キャンベル先生がそう訊くので、おれは、なにも考えていない顔、って答える。あいつは、うざい顔、って返事。キャンベル先生は、個人的には、これと同じ表情をしていると思う、と言いながら、もう一度「オモチャ箱」のなかに両手を突っ込むと、ああ、これこれ、って、クマのぬいぐるみを取り出した。こっちの子って、こんなクマのぬいぐるみ、ぜったいひとつは持ってる。ジェイクも持ってる。いまでこそ一緒には寝ていないけれど「おれのテディ」って、クローゼットのなかに大切にしまっているのを見たことがある。こっちの子どもって、赤ちゃんのころから一人で寝るから、瞼が重くなるまで、テディを抱っこしたり、いろいろ話しかけたりして、寂しいのとか怖いのとかを紛らわせているのかもしれない。

「見る人によって、まるで違って見えるのが、このような「待機」中の表情の特徴だ。なにか良いことがあった日には嬉しい表情に、悲しいことがあった時には泣いているような顔に見えてくる。なぜなら、私たちが、そう感じ、そう語りかけることで、命を吹き込むから」

男にも女にもその他にもなれる。何歳にもなれる。何の職業にでもなれる。何人《なにじん》にもなれる。望めば、何にだってなれる。この飽きのこない表情は、心がニュートラルな状態を表しているのだ、ほら、どの感情にも傾いていないだろう？　キャンベル先生はおれたちの持っていたマスクを指さした。そのマスクを見てごらん、それも心がニュートラルなときの表情、すなわち、心が水平にあるのだよ、とニヤリと笑った。

「言い換えれば、天秤のつりあった状態、とでも言おうか」

さあ、つけてみろ、って、キャンベル先生がおれたちに合図する。

おれはしぶしぶその白い面をつけた。視界が急に狭くなった。すぐとなりに立っているはずの、もうひとりのマットのことも、見えなくなった。世界の中心が、おれの体の穴、ブラックホールに吸い込まれていくような気がした。

「なんで、こんなものつけなきゃならないんだよ！」

あいつの声が聞こえたので振り返った。マスクを半分ずらすと、あいつがマスクを顔からはずすのが見えた。キャンベル先生は人差し指を立てて、Shhh! と、マット・Wの声を消した。

「そのマスクは、色を塗る前の塗り絵と同じ。色を塗ったあとには濃淡ができ、重力のかかるところとそうでないところができる。どこに重力を感じるかは、人それぞれだと思う。その人の生い立ち、宗教、家庭環境、経済状態といったバックグラウンドが、複雑に絡み合っているからだ。私たちは同じ人間だが違っている」

言葉は、そのあとに来る、重力の最もかかるところ、最も深いところから湧き出るものだから、とつぶやきながら、キャンベル先生は人差し指を唇から離す。

「きみたちは、大きなものも、小さなものも、正確に量ることができる天秤になりなさい。何を置かれても、決して倒れないこと。すべては、そこから始まる」

それにはまず、自分自身をリセットするのだ、と、おれたちをじっと見つめたままキャンベル先生は後ずさりをすると、部屋の真ん中にぽつりと置かれたパイプ椅子からぬいぐるみを抱きあげて、そこに座り直した。

「天秤の柱は自尊心《セルフ・エスティーム》でできている。勘違いするな、それは自分が偉いとうぬぼれたり、驕《おご》ることではないぞ。それは、自分はこの世でたったひとりの存在だと認めることだ。きみの代わりはどこにもいない。自分が貴重だとは思わんかね？　そして、貴重ゆえに、自尊心はもろい」

だから、周囲が守り、育てるべきなのだ。そう、こんなふうにな……、そうつぶやきながら、キャンベル先生は立ち上がった。

「マスクをもう一度つけろ」

おれたちは同時に同じマスクをつける。着ているものも、同じサイクリングのユニフォーム。足下は、キャンベル先生の指示で裸足。おれがあいつで、あいつがおれになった。

「では、もう一度、『ウェザー・ウォークス』をやろう」

キャンベル先生がパチンと指をならした。


夜空の下、あいつと並んで寄宿舎に戻る。荷物を預けたままの舎監室、つまりキャンベル先生の部屋の前までくると、二人、寄宿生が待っていた。ひとりは、昼、おれのとなりでランチを食べていたやつ、だった。

「マット？」

おれが返事するのと同時に、もうひとりのマットも返事した。ふたりで顔を見合わせた。キャンベル先生が、部屋の場所を言い忘れていた、すまん、と言いながら、あわてふためいて帰って来た。

「マット・W。きみのルームメイトが迎えにきてくれたようだな」

マット・Wは目を見開くと、えっ、おれ？　と、急に後ずさりした。

「そうだ。今日から金曜日の夜まで、ここにいるギリとアブドゥの部屋でやっかいになれ」

「なんで、おれが、こんなやつらと一緒に？」

こんなやつら、とは聞き捨てならんぞと、キャンベル先生は鋭い視線でマット・Wを刺した。

「きみは、自分の国の人間としかつきあったことがないのではないか？　なんでもバランス良く食べろと言われなかったか？」

「じいさんとおれは、毎日ジャガイモと肉で満足だったんだ！」

「好き嫌いは許さん。食べず嫌いとなると、なおのことだ。この五日間、世界四十七カ国の寄宿生たちと、どっぷりつきあってこい。これは指導教官の私からの命令だ」

マット・Wの困惑をよそに、ギリとアブドゥはニコニコとマット・Wに笑いかけて、あいつの足下にあった荷物を持ちあげた。レッツ・ゴー、と声をかけられて、マット・Wは仕方なさそうに、のろのろと歩き出した。それから、こちらの悩める小羊には、VCE生用の個室を用意してある、至れり尽くせりの独房だ、って小さく笑いながら、キャンベル先生はおれを振り返った。

「マット・A。この五日間、きみは、自分自身と徹底的につきあえ。いいな？」


次の日はマスクをつけたまま、ゴールド・ラッシュの劇の「イギリス人金鉱夫」と「中国人金鉱夫」の役を入れ替えさせられた。キャンベル先生によると、役を入れ替えるということは、視点を入れ替えるということ。で、おれがイジメ役、あいつがイジメラレ役。正直、あいつのことは、一緒の部屋で息をするのもイヤなくらいだから、役得で思いっきり叩いて足蹴にもしてやりたかった。でも、それって、なんだかなぁ、あいつと同じことしてどうすんだよ、リベンジしてるだけだろ、みたいな。

でも、あいつには、顔がない。あることはあるんだけど、おれが見るのもイヤな、あの顔じゃない。なんの顔にでも見える、真っ白のマスク。「おれたちが掘り尽くした土地にやってきて、残りの砂金をぜんぶ浚《さら》っていくようなセコいヤツ！　おまえら、どこまでも意地汚いんだよ！　さっさと自分の国に帰れ！」って、イギリス人金鉱夫のマット・Wに何度も言われたセリフを思い出して、あいつのマスクの顔を睨み付けると、だんだんと白マスクに黄土色がついてくる。おたがい、「マット」以外の別人。すると、自分の顔が気にならなくなって、おれの体は急に動き出した。おれじゃない、おれはやっていない、って心で唱えながら、あいつのマスクを思いっきり足蹴にする。マネだけど。

おれがいままでになく、役にラクに入っているあいだ、あいつの方は、大柄な体の下に手足をひっこめるポーズも、おずおずと相手を上目遣いに見上げるなんていう微妙なふるまいにも、かなり力が入ってしまっていた。「イギリス人金鉱夫」のときは、あいつと役の境目がなくなって、見ている方まで苦しくなるくらいだったのに。でも、あれは、迫真の演技なんかじゃない。あいつのやりたいようにやっているだけだったんだ。それとは逆に、「中国人金鉱夫」をやっているときには、はっきりとあいつと役の境目が見えてしまった。プロだったら、こういうの、たぶん怒られるんだろうけど。でも不思議なことに、見苦しいとも、バカバカしいとも、恥ずかしいとも思わなかった。あの状態、おれにも覚えがある。自分がやりたくない役をやらされると、体が言うことをきかなくなるか、無理矢理言うことをきかせようとして、大げさになるかのどちらかだ。なあんだ、あいつも、おれと同じフツーの十年生なんだなって思っただけだ。

その日、あいつは自分でも思い通りに「中国人金鉱夫」をやれないのが相当悔しかったみたいで、マスクを外すと、今日はやめだ！　って、大声で叫んで、ドラマ・ルームを出て行ってしまった。

「マット・Wには、まだきみが日本人にしか見えないようだな」

まあ、気長にやるさ、とキャンベル先生もその日はそれだけ言い残して、ドラマ・ルームから出て行った。

キャンベル先生の生活指導は、謹慎処分にしては気抜けするくらいユルかったうえに、寄宿舎も想像以上にユルかった。

あいつとおれが入れられた「マリス寮」は男子寮。男ばっかって、こういうことか、って今さらながら驚いた。最初の朝、シャワールームにおれが入るなり、「新入りだ！」って誰かが合図して、その場にいたやつ全員に囲まれて、いきなりパジャマも下着も剝ぎ取られた。あわててシャワーのひとつに駆け込んだ。みんな大爆笑していた。おそるおそるシャワーから出てきたら、おれのパジャマも下着もちゃんと畳んでおいてあって、鏡にはシェイビング・クリームで「Welcome to Marris Dorm（ようこそ、マリス寮へ）」。下級生の多い下の階にいたマット・Wのほうは、もっと幼稚で手荒に扱われたみたいで、とにかく初日からメチャクチャやられたらしい。「おれ、あいつらを完全にナメてた」って、あいつもその日は唇の端がずっと笑っていた。

おれはVCE生専用階の四階に泊まっていたから、十一、十二年生たちともすっかり顔なじみになった。十年生だって自己紹介したら、「もうVCE科目を始めてるのか？」とか「志望学科を決めたか？」とか「志望大学の合格スコアをチェックしとけよ」とか「おまえ、シュミットのお気に入りだろ？」とか「日本人だったら、日本語のVCEは楽勝のはずだから、今のうちに済ませとけ。バイリンガルのやつらはみんなそうしてるぞ」とか、廊下ですれ違うたび、アドバイスしてもらった。大学には行ってみたいとは思っていたけれど、やりたいことも今のところわからないし、どうしようかなと迷ってはいた。おれんち、そんな金もなさそうだし。でも、現役のVCE生に具体的なスケジュールを教えてもらったり、大学の科学ラボの見学会に誘われたり、この科目の組み合わせのほうがポイント高くなるとか、やりたいことを探しに大学に行けばいいとか、本気になったら奨学金なんてチョロいだろ、そのあたりはシュミットが詳しいからいろいろ教えてもらえ、とか言われると、やっぱ、大学行きたい、って思いはじめた。

　みんなが集まるコモン・ルームには、果物、お菓子、飲み物なんかがいつもあって、火曜日の夜は、そこでチェス大会と新刊本の頒布会もやっていた。水曜日の夜には、学校の体育館とスカッシュのコートが寮生たちに開放されて、おれもテオ・フレイジャーっていうやつとペアになって、スカッシュをやった。こいつ、なんだか変わった英語を喋るなって思っていたら、四年前に家族で南アフリカから移住してきたっていうことだった。テオの方では、おれのことはこっち生まれのこっち育ちだって、信じて疑わなかったらしい。テオは学年はおれよりひとつ上だけど、今年十七歳になるってことで、歳はおれと同じ。

　テオによると、週末には学校のホールでディスコとか映画上映会とかがあって、ピザも食べられて、女子寮の子たちもくる、ってことだった。休み中も、外出カードに保護者のサインがあれば、毎日でも外出できるらしい。いざというときには、住み込みの舎監がいる。つまり、ピンチのときのトマト・スープ、ってことだ。

　寄宿舎に入れられて数日たつと、夜が待ち遠しくなりはじめた。部屋で自分ひとりになると、眠るまで、もう、なんの役もやらなくていい。寮の中では寮生だし、学校に行けば生徒だし、それ以外も、いつもどこかで何かの役をやっている気がする。むかしも今も。たとえば、学校では、いじめられる役、英語下手クソな役、ティーンエイジャーの役、ハイスクール生の役。家では、息子の役、たまに弟の役。最近では、義理の息子の役、なんていうのもある。バイト先では、店員の役とカウンター係の役とレジ係の役。スーパーマーケットで買い物をすれば、お客の役。トラムに乗れば、乗客の役。お医者にかかれば、患者の役。車のハンドルを握れば、ドライバーの役。このほかにも、朝から夜まで、いつでもどこでも、起きていても寝ていてもやらなきゃならない役がある。絶対忘れちゃいけない役、日本人とアジア人の役。

この日は「生活指導」を終えて、自分の部屋に入るなり、電気もつけずにクローゼットの鏡の前に立った。ものすごくムシャクシャしていた。キャンベル先生が見ていない隙に、あいつにまた「ジャップ」ってちょっかいかけられた。あいつにとっては「ジャップ」と「マット・A」は同一人物らしい。あいつだけじゃない、前に歯医者で会ったおじいさんも、たぶんそうだ。だけど、おれの体はひとつしかない。だから、そこのところ、ちゃんと分けて欲しい。一人二役をやるにしても、この組み合わせだけはカンベンして欲しい。でないと、おれ、どうにかなりそうだ……！

部屋の窓を開けて、冷たい空気のなかに体を乗り出す。上半身を闇に投げ出す。

──鏡のむこうのおれは、日本人のマサト・アンドウ。鏡のこちらがわには、いろんな役をやって、役に削られ、こすられ、囓り取られてリンゴの芯みたいになっている、なんの役もやっていないマット・アンドゥ。ひとりでふたり。ふたりでひとり。この世に、たったひとりの自分自身の役なんてない……。

軽く腕を上げると、手の指が漆黒の大波にゆらめく。手首のまわりは静かな凪《なぎ》の光景。正反対の背景に、ひとつの体が引き裂かれていく。おれの体は、マッチ棒人間の形をした不自由。この牢屋で、この夜を抱いて生きていくしかない、そうなんだろうか？　目の前の闇は押し黙ったまま。無関心は最大の罪とキャンベル先生は言った。じゃあ、この暗闇だって、最大の罪だ。この夜は、おれには、なにひとつ見せてくれはしない、なにひとつ答えてくれはしない。相手に無関心なのは、この夜、この闇、そっちのほうじゃないか……！

壁越しに、寄宿生たちの話し声がきこえてきた。ときどき、ドッと笑い声が上がる。みんなで一つの部屋に集まって、しゃべくっているらしい。……そうだ、役をやっているからこそ、ほっとする役があった。友だち、の役。友だちと一緒の時はいつも、自分が何人《なにじん》とか何系とか、それに自分の顔すら、すっかり忘れている。そういえば、新学期が始まってから、おれ、まだみんなに会っていない。JJ、キーラン、ハウスのみんな、サイクリング・クラブのやつら、どうしてるかな？　会いたいな……。パリスにも、もちろん会いたい。もしかしたら、ボーイフレンドの役が一番苦手かもしれない。下手すると血圧がやたら上がる。しかも、あの役やってるときは、上半身と下半身が真逆になるっていうか、ちぐはぐなセリフしか出てこないし。

部屋を出て、一階の食堂を通り抜ける。そのままホールの方角へ歩いて行くと、カフェテリアの明かりが見えた。こんな夜遅くまで開いてるのかって思ったら、どうやら、スタッフが集まってミーティングをしている様子だった。全員がテーブルから立ち上がって、身支度や帰る準備を始めた。キャンベル先生が禿頭を撫でながら、立ち上がった。窓の外にいたおれと目が合って、手招きする。おれは、ポケットに両手を突っ込むと、カフェテリアのガラスのドアを開けて、中に入った。

「なんの味が好きだ？」

キャンベル先生は、今度は店じまいを始めたおばさんをカウンター越しに手招きした。愛想良く笑いながら近寄ってきたおばさんに、「キャラメル味」っておれは言った。ソフトクリームが出てきた。キャンベル先生がそれを見て、私にも同じものを、っておばさんに言った。

どうだ、寄宿舎暮らしは？　と訊かれて、おれは、気に入ってます、って言いながらテーブルについた。フフン、と笑って、もうひとりのマットも気に入ってくれているといいんだが、とキャンベル先生が苦笑しながら、おれの隣に座った。

「寄宿舎では、ひとりになれることが少ない。友だちも多ければ、誘惑も多い。それでも、きみだったら、きちんとひとりになれると思ってね」

孤独は、自分でつかみ取るもの、選び取るものなのだ、そこが孤立とは決定的に違っている、とキャンベル先生はおれを見つめたまま、ペロペロとソフトクリームをなめる。喋るたびに、クリームが髭についた。しかし、まったくのひとりきりっていうのはないぞ、きみにはきみがいるじゃあないか、今のうちに、きみ自身をしっかりと味方につけておくんだな、と笑った。

「ひとりでいると、自分で自分に問いかけるしかない。それは、人前で裸になる以上に、恥に満ちている。しかし、そのように自分をごまかさない勇気がある人物は、自分を自分自身で満たすことができる」

そうかな、っておれは首を傾げた。でも、そう言われれば、去年の必修英語で読まされたスタインベックの小説にも、孤独とうまくつきあえないで、性格ヒン曲がったやつがいたよなって思い出すと、先生の言葉が胸にストンと落ちた。どうした、ってキャンベル先生がじっと見つめてくる。いつものことだけど、おれはこの先生に見られると、身動きができなくなる。自分のことを全部見られているみたいだ。

「マット・Wとは、そんなに馬が合わないか？」

大嫌いだ、っておれは思わず大声になる。フフン、ってまた先生が笑った。先生の笑い顔につられて、おれ、自分の親も大嫌いだって、思わず付け加えた。先生が、それは至極自然なことだ、ってつぶやきながら、ますます笑う。親子ほど視点の異なるものはない、って。さらにその笑い声につられて、こっちも一気に大声になった。この先生には隠し事してもムダだ。

「おれ、自分のことも、大嫌いだ！」

先生は大声を上げて笑った。これが他のやつだったら、「笑うな！」って怒鳴り返しているところだけれど、先生は、そうか、そうか、そうか、と頷いた。自分自身を主観的にも客観的にも捉えられるようになったってことだ、こんどはより多面的に捉えてみたまえ、そして立体化させてみろ、って、あおり立てる。キャンベル先生のことだから、てっきり「自分のことが嫌い」なんて言ったら、トマト・スープみたいになって、怒られるとばっかり思ってたのに。

「溶けるぞ、マット」

テーブルの手元に、不透明な雫がぽたぽた落ちた。おれはヤケクソ気味に残りのソフトクリームを一気に呑み込んだ。

「知ってるか？　嫌いっていうのは、ある意味、すごいことなんだぞ。それだけ対象に関心があるってことだから。きみが今ここに存在するという事実は自明のことではない。自分の顔は鏡にうつしてしか見ることができないのと同じく、きみが生きている証は、きみに関わる人間によって初めて証明される。それが嫌いな人間なら、なおのことだ。それは、否定することでしか直視できないきみ自身の化身なのだ。「好き」と同じくらい「嫌い」も大事にしたまえ」

キャンベル先生はネコがするみたいに丁寧にさいごのクリームを舌でなめると、コーンを齧りだした。これは、きみだけに与えられた大きなチャレンジだな、しかし、チャレンジは別名チャンスとも呼ぶんだぞ、と頷いた。

「マット。この国は、まだまだきみにつらくあたるかもしれない。しかし、誰に対しても自分をリセットし、公平に接することができたなら、この国とも、そして自分自身ともうまく折り合いをつけられる日が遠からずやって来る。役柄の違う大勢の仲間と作りあげるステージでの、あの一体感を知っているきみなら、難しくはあるまい。

そうすれば、遠くない将来、かならず、きみはきみ自身の役を演じきれるようになるのだから」

もし、自分の役が見つからなかったら？　と、おれはおそるおそる訊いた。ふたりのおれがいつまでもいがみあったままで、ひとりにまとめられなかったら？　実際に見てもいないロビーの最期が、窓の向こうの暗闇に甦った。キャンベル先生が目を細めておれを見つめた。今まで築きあげてきたものを壊したとき、新しいものはできる。自らの手で今までの自分を壊すのは、激しい痛みをともなう。しかし、幸運なことにきみはまだまだ若い、ひどいケガをしても治りが早いぞ、とニヤリと笑う。

「見つからないなら、自分で創ればいい。きみがこれぞと思う、きみだけの役を」

金曜日の夜、最後の「生活指導」が終わった。寄宿舎に泊まるのも、最後。夕食をギリたちと一緒に食べた。この日は「トムヤムクン」っていう、激辛のスープみたいなのが出た。世界中からの留学生がいるだけあって、食堂はメニューが豊富。ギリたちによると、留学生はなかなか現地生と友だちになる機会がないってことで、マット・Wとおれはテーブルのド真ん中に座らされて、なんでもいいから話してくれ、ってギリたちに頼まれた。それで、あいつは自分の生まれ育ったダーウィンの話をした。

クロコダイルに襲われそうになった話は、けっこうおもしろかった。あいつは、なかなかの話し上手だと思う。見ぶり手ぶりをうまく使うし、土地の言葉も混ぜたりするせいか、あいつが話し終えるころには、なんだか自分たちの周りにワニが泳いでいるような気がした。あいつが嬉しそうに話をするのを聞いていたら、こいつの話し上手はじいさん譲りに違いないって思った。おれに向かって「ジャップ」って呼ぶときのマット・Wの顔ときたら、写真で見たあの瀕死のオーストラリア人捕虜の顔とそっくりだし。それに、あいつのじいさんの言葉はあいつにとって、お告げみたいなものなのかもしれない。だって、あいつのじいさんは、あいつを育ててくれた大恩人で、唯一、あいつを可愛がってくれた肉親ってことだったから。それって、ほとんど神様じゃん？　おれがあいつでも、この世で、自分のことを誰よりも大事にしてくれているたった一人の肉親の教えに背くなんてとてもできない、そう思った。

次の朝、寄宿舎のエントランスで、あいつとおれはみんなの見送りを受けた。

「マットとマット、いなくなる、ぼくたち、ひじょうにさびしいです」

アブドゥがおれたちに抱きついてきた。マット・Wのやつ、固まって動けなかった。なんでも、誰かから寂しい《I miss you》とか言われたの、生まれてはじめて、だったらしい。あいつがモジモジと返事できないでいたので、We miss you too.《おれたちも寂しいよ》ってあいつのかわりに答えてやった。最初の日にキャンベル先生に預けてあったポケットのスマホが鳴った。

――聖マタイ《セント・マシュー》よ、「キンシン」楽しんでっか？　バースデー・ケーキを焼いてやるよ！　おめでとう！

教会はもうたくさんだといいながら、神様のいいつけはシッカリ守る。女はすべて聖女様で、浮気されても、相手のことはぜんぜん責めないで、他に女ができたフリして、自分からサヨウナラ。フッキング野郎《ナンパやろう》って陰口言うやつもいるけれど、おれから見れば、ＪＪは本物の女好きだ。

――歳だけは、おまえに先越される。Hooray!《ヤッホー》　セブンティーン！

キーランには歳しか勝てないかもしれない。こいつはいったん何かにハマると、エキセントリックって言っていいほど一直線だし。怒らせたらめんどくさいやつだけど、軍隊入るとか、警察入るとか言うだけあって、こいつの本気は死ぬ気。

――マット、十七歳おめでとう！　週末、おれんちに寄ってくれ。みんなでお祝いだ。

ジェイク。こいつとこいつの家族がいなかったら、おれ、いまごろ日本に帰っていたかもしれない……。

ホームボタンから指を離して、うつむいた。

「なんだよ、おまえ」

マット・Wがおれの顔を覗きこんだ。なんでもない、と、おれはなるべくふつうに答えた。また、新しいメッセージの着信。

――真人、おたおめ！　うらやましい、まだ十七歳！

うらやましいって、自分だってまだ二十歳になったばっかりじゃん？　それにしても、人に宿題やらせたり、耳の痛いことズケズケ言うやつだけど、まずまずの姉貴かもしれない。

――まあくん。お誕生日、おめでとう。食事はきちんと取っていますか？　そちらはもう寒くなってきてるんでしょう？　風邪をひいていませんか？　何か必要なものは、ありませんか？　たまには、メールをください。体に気をつけて。

あいかわらず、人のことばっか心配してる。母さん、そろそろ、自分のことも心配したほうがいい……。

最後のメッセージが花火のように画面に打ち上げられる。おれも誰かからこんなこと言われたの、初めてだ。ちぐはぐにならないように気をつけて、「CU2night《今夜会おう》」と返信する。そして、ギリたちとお別れの握手をした。

「こっちのマット、なんか、嬉しい？」

ギリがおれの手を握り返しながら、ニコニコと笑う。

まあな、って、おれは、なるべくふつうに答えた。

TERM 4

（四学期）

四学期に入ると、急に忙しくなりはじめた。
ジュニア・キャンパス最高学年のおれたち十年生には、学内アセスメント《SAC》と義務教育の最終試験があるってことで、重々しい空気が漂う。そして、十一、十二年生がいるシニア・キャンパスでは、学外から派遣された審査官がやってきて、ヴィクトリア州教育修了資格《VCE》の試験が開始。

十月のおわり、試験の二週間前には、図書館でのホームワーク・クラブが終了。放課後はさっさと家に帰って試験勉強しろ、ってことだ。ホームワーク・クラブのあとは、毎日のようにパリスと会っていた。彼女は試験が終わったら義務教育修了で、来年はワトソンには戻ってこない。職業専門学校の美容師のコースに入学が決まっている。この先、いまみたいに会えなくなるのはわかっているけれど、おたがい、その話はしない。他のどうでもいい話ばっかりして、ごまかしている。

その日の朝、父さんはクライアントと会食があるから、夜遅くなるって言って出掛けて行った。放課後、彼女を自分の家に連れて帰った。部屋でふたりきりになって、キスしたり、おたがい制服のシャツやスカートの下から手を突っ込んで触りあっているうちに、もう止まんなくなった。思いきって裸になると、彼女をベッドに誘った。ベッドに潜り込んできた彼女が、傍らの机に置いてあった日本のマンガ（姉貴が送ってきた）に気がついた。妹が喜びそう、って小さく笑う。うちの妹、このあいだ、髪の毛を黒く染めたんだよ。日本人みたいでしょ、って本人は言ってるけど、親はあきれてたし、そんな寒いモノマネみたいなことしてどうするの、みたいな。おまけに、韓国人の男の子とつきあいはじめたんだよ？　それって、なんか違うよね？　あの子、もしかして、日本人に見えるんだったら、誰でもよかったんじゃないの、って笑い声を上げる。それから、「ホンモノの日本人はこっち！」って、おれに抱きついて爆笑した。

「なんで、笑うんだよ!?　そんなに日本人になりたかったら、なればいいじゃないか！　マネでもいいじゃないか！」

おれが思わず大声で怒鳴ったので、彼女がビクリとなった。ごめん、って謝って彼女から体を離した。そのまま彼女に背中を向けて、おれは壁際で横になった。寒いモノマネで悪かったな、だけど、おれだってそうなんだよ、ここにいたかったら、そうするしかねえんだよ、ってカッとなって、体が熱くなった。

「マット、私、なにか悪いこと言った？」

背中から彼女がくっついてくる。いまからこいつのことをメチャメチャにしてやるって、全身火だらけになっていたのに、こんなふうに心細そうな声を出されて裸でくっつかれたとたん、それもだんだんと燻《くすぶ》っていった。なんだかんだ言っても、ＪＪに言われた通り、おれは完全にこの子にクラッシュしてる。おれは彼女の方に寝返りを打つと、片手を伸ばして彼女の髪を撫でた。

「なぁ……、ホンモノって何なんだよ？　おれがホンモノじゃなかったら、どうなんだよ？　ホンモノの日本人だったら、誰でもいいのかよ？　……おまえ、おれのことが好きなのか？　それとも、日本人が好きなのか？」

彼女は目をいっぱいに見開いておれを見た。まるで、知らない相手のように。おれの顔に知っている人の面影を求めて、必死に目をこらした。瞼が震えて、自目に小さな嵐が通りすぎたあと、青い瞳を閉じる。

沈黙から逃れるようにして、彼女はベッドを出ると、着替え始めた。おれは体を起こすと、彼女が下着をつけて、夏服のワンピースのスカートに足を通すのを黙って見ていた。ワンピースの背中のファスナーが途中でひっかかった。とつぜん、彼女が力なく床に座り込んだ。おれが真っ裸のまま後ろから近づいても、虫のさなぎみたいに固まって身動きしない。彼女の背中に手をのばして、青い布地に食い込んだファスナーの金具を上下に動かした。金具が外れて、スムーズに動き出す。彼女が息をつくたび、背中から首のあたりがバラ色に染まって、ファスナーの裂け目から小さな島の秋があふれ出した。あたりいちめんに染み渡る、赤い屍。子どものころを思い出させる蜜のかかった朱色。あのころは、ただ、きれいだとかあたたかいとか、心のまま、感じるだけで生きていられた、赤は赤、朱色は朱色で、どこが似ていてどこが違うかなんて考えずにいられた。彼女だって、今の今までそうだったはずだ。

分かちがたい秋の色にそっと唇をつけて、ファスナーを一気に上まで引き上げる。すると、そこに幼虫の皮をもういちど着せられた、成虫のなりそこないがいた。彼女が体を折り曲げて、わっと泣いた。泣き声の雨だれが耳の鼓膜に跳ねて、あのからかい歌がきこえてきた。金ピカのゆりかごに赤ちゃんだって!?　あれは、なんにもわかってないガキだけが歌う歌だ。おれは、おれのことが好きだって言ってくれる子とじゃなきゃ、とてもそんなことする気になれないんだよ！　そこのところは、ちゃんとわきまえてるんだよ……！　そして、彼女に「ごめんな」を連発しながら、おれだって、いまだ季節を取り間違えて羽化し損ねるなんて、こんな真っ裸で、ひとり幼虫のまま取り残されるなんて、こんなのありかよって、泣きたくなった。

その日以来、すっごく気まずくなって、彼女から別れ話をされたときは、前のガールフレンドと別れたときよりもずっとショックで、しばらく何も手に付かなかった。学校で彼女をみかけるたび、その姿をいつまでも目で追ったりした。ＪＪはそんなおれを見て、「おまえも、未練タラタラだなー」って笑ったけど、いつもみたいにふざけなかった。スマホのツーショの写真もなかなか消せなかった。見ているだけで、今からもう一度彼女に謝って許してもらいたい、やり直したいって、われながらいつまでも女々しかった。バイトが終わる時間になると、もしかしたら、彼女が店の前で待ってるかもしれないって期待したりもした。ほんと、おれってバカなのかもしれない。だけど、実際に彼女とふたりきりで会うことはもうない。美容師になった彼女がおれの髪の毛を切ってくれるっていう未来の約束も、もう思い出。思い出のなかの彼女じゃなくて、おれは、今すぐ実物に会って、喋って、キスしたい。会えないってなると、よけい会いたくなって、四六時中彼女で頭の中はいっぱいだった。そうしているうちに、ハウス・ミーティングで彼女に完全に無視された。彼女にとっておれはもういないのと同じなんだなって思い知らされた。しばらくたったある日、学校からチャリで家に帰ってきて、チャリに乗っているあいだまったく、彼女のことを考えてなかったことに気がついた。その夜、誕生日に彼女からもらった「ガンズ・アンド・ローゼズ」のTシャツを、タンスの引き出しの奥に突っ込んだ。引き出しを閉めるとき、Tシャツのドクロ模様が、おれのことを笑っているみたいに見えた。ほんと、おれってバカだったのかもしれないって思った。

以来、ここのところはずっと、ジェイクに数学を教えてくれって頼まれて、学校帰りにジェイクんちに寄っている。ジェイクは今までずっとサッカーをしてきて、勉強はあまりやってこなかった。今年は数学の基礎演習をはじめ、数学メソッドもかなりヤバいって焦っている。姉さんたちに教われればいいのにって言ったら、そんなことしたら、間違いなく「姉弟ゲンカ」になるってことだった。なんかそれ、おれも同じ弟として、ものすごくわかる気がする。で、ジェイクを手伝ったあとは、おれもそのまま試験勉強をさせてもらっている。そのあと、夕飯も食べさせてもらっている。

そういえば今週は、一回も家で夕飯を食べていない。父さんとは、朝食のとき顔を合わせるだけだ。父さんはオフィスを借り直して、またスーツ姿で毎朝出かけるようになった。夜のジャパレスのバイトもやめて、「スモール・ビジネスの起業」っていう職業専門学校の夜間コースに通い始めた。そこで、電話でのアポの取り方から、マーケティングの始め方、スプレッドシートの使い方まで、こっちのビジネスのやりかたを一から習っている。これはアナベルの提案だそうだ。

その日も学校が終わると、いつものようにジェイクとチャリに乗って、ジェイクんちに向かった。まだ十一月だっていうのに、ひどい暑さで、チャリのペダルを漕ぎながら、おれたちは汗だくになった。ジェイクんちに着くと、前庭に灰色のルノーが停めてあるのが見えた。

「Pa《おじいちゃん》!」

ジェイクはチャリをドライブウェイに停めるなり、玄関に向かって走り出した。おれも、オンボロのチャリを停めてジェイクのあとに続いた。

ジェイクのおじいちゃんとは、これまでも何回か会っている。いつ会っても機嫌が良くて、ニコニコしていて、隣にいるだけでハッピーになれそうな人だ。たぶん、あと七十年くらいたったら、ジェイクもこうなるんだろうなって、このおじいちゃんを見るたびにおれは思う。三年前に奥さんに先立たれて、「話し相手がいないと、寂しい」って言って、自分から望んで老人ホームに入った、ってことだ。で、たまに、ジェイクの叔母さんの運転する車で、こうやってジェイクんちに食事をしにやってくる。

「マットか？　また背が高くなったな。いまに、東京の、ほら、一番高いタワーなんていうんだったっけ、あれに届きそうだ」

庭のバルコニーにいたおじいちゃんが杖をついてやってきた。もう片方の手は、ジェイクが差し出した片腕につかまっている。笑うと顔の皺がさらに深くなって、人懐っこくなる。おれは「スカイツリー」です、って返事する。おじいちゃんは、テーブルに置いてあった iPad のカバーを開けると、「スカイツリー」をさっそく検索する。あれ？　私が見たのとは違うと、おじいちゃんが首を傾げる。「東京タワー」のことを言っているのかもしれない。旅行が大好きで、ジェイクのおばあちゃんと一緒に世界中を旅したらしい。

「デイヴィッド、マットはジェイクに数学を教えてくれてるのよ」

ジェイクの母さんがキッチンから顔を覗かせた。

「それはありがたい。マット、ジェイクのいい友だちでいてくれてありがとう。あの子の顔を見りゃわかる。なによりも得がたきは、きみのような友だちだ」

それから、おじいちゃんはおれに片手を差し出して、この私でできることがあったら、いつでもなんでも言っておくれよ、と言った。おれも片手を差し出して、おじいちゃんの手をしっかり握った。ジェイクが肩をすくめて、こいつ、こんどフル・スカラシップ《全額給付金》の試験受けるんだぜ、数学がすごいんだ、科学も生物も、って、おれのことを自分のことのようにジマンする。

「それは素晴らしい、多才だな」

おじいちゃんがニコニコとおれに笑いかける。そんなことないです、英語はまだまだダメです、っておれは答えた。

「そうなのか？　私の英語に比べたら、たいそう流暢なように聞こえるが？」

そう返事したおじいちゃんの英語こそ、おれには完璧な英語に聞こえる。ほんのわずかだけど、アメリカ訛りがある。ジェイクによると、おじいちゃんは例の収容所を出た後、故郷のオランダには帰らないで、そのころから自由の国だって言われていたアメリカに渡ったということだ。

ジェイクはもう試験勉強なんかそっちのけになって、三人の姉さんたちに「パが来てる。今夜は早く帰れ」ってスマホからテキスト・メッセージを送った。そして、いそいそと自分の部屋に行くと、ヴァイオリンの入ったケースを持って戻ってきた。おじいちゃんはケースを黙って受け取ると、ヴァイオリンを取り出して、赤ん坊のように大事に抱えた。そして、慣れた手つきで弦を外し始めた。

「かなり弾けるようになったっていうのに、これだけは、いまだに私の役目らしい」

「だって、おれがやると、いつまでも音が馴染まないんだよ」

ジェイクはおじいちゃんとおれに向かって照れくさそうにすると、キッチンでお茶の用意を手伝い始めた。そういえば、おじいちゃんがくるたびに、ヴァイオリンの弦を張り替えてもらっているって、いつだったか、あいつが言っていたような気がする。

おじいちゃんは鼻歌を歌いながら新しい弦を袋から取り出した。その嬉しそうな様子を見ていたら、おじいちゃんが食事にくるのは、もしかしたらこのためなのかもしれないって、なんとなく思った。おれは、今日は帰った方がよさそうだなと思って、カバンを背負うと帰り支度を始めた。

「なんだ、もう帰るのかい？」

おじいちゃんが顔をあげた。今日は遠慮しておきます、っておれは返事して、よい夜を、って声をかけた。

「まあ、そう急がなくてもいいじゃないか。ほら、ここにお座り」

おじいちゃんは片手でヴァイオリンを持ったまま、もう片方の手でおれをテーブルの椅子に手招きする。おれはテーブルにつく。学校は楽しいかとか、もうすぐ試験なのかとか、おじいちゃんが手を休めないで訊いてきた。次々に新しい弦が張られていく。あさっては一番苦手な英語の試験です。おれは生まれ変わったばかりの四つの小川の静まりを眺めながら答えた。

「私も英語は苦手だ。最後に覚えた言葉だからね。しかし、一番便利で役に立った。だから、こっちに来るとき、いっそ、名前も英語読みに変えてしまった。なあに、ありふれた名だがね」

おじいちゃんはそうつぶやくと、弓のネジを回して、たわんだ弓の毛をピンと張り直した。そして、ヴァイオリンの首をそっと摑むと立ち上がった。

「ふう、今日はなんて暑さなんだろう」

おじいちゃんがシャツの袖をまくった。裸の腕のたるんだ皮膚に、青い数字がいくつか蛭《ひる》のように吸いついていた。おれの視線はそこに釘付けになった。あの本にも出てきた。「私はA - 七七一三号となった。これ以後、私にはもうほかの名前はなくなった」。おじいちゃんが、おれが固まってしまったのに気づいた。

「ああ、これ？　ただの番号だよ」

ただの番号。そう呼ばれて、青い蛭たちは憤慨したかのようにおじいちゃんの皮膚を嚙み切ると、すごい勢いでおじいちゃんの血を吸い始めた。ぬめぬめした体が膨れあがって、マグマのようにうごめきはじめた。おじいちゃんはヴァイオリンを肩にのせると、顎に挟んで、両足をわずかに開くとしっかり構えた。その不自然な姿勢が、唯一、痛みに耐えうる術であるかのように。調弦の音が聞こえてきた。そのあいだも、蛭たちはおじいちゃんの左腕から血を吸い続けていた。

「……A」

おれは動悸を抑えつけて声を絞り出した。おれを取り囲む現実、明るい春の夕べにしっかりつかまるために。

「なにか楽器が弾けるのかい？」

おじいちゃんが驚いたようにおれを見つめた。ギター、弾きます、とおれはとぎれとぎれに答えた。

「そうか。じゃ、これは？」

「……Dかな？」

「じゃあこれは？」

「G」

「またD？」

「いいえ、Dじゃなくて Gです。G for Guitar《ギターのG》」

アルファベットやスペルを確認するコドモっぽい言い回しでおれは答えた。

「すまない、マット」

「おれの発音が悪いんです」

「年寄りの耳が悪いんだよ。じゃ、次、これは？」

「また、Aです」

この音が決まると、あとは大丈夫、とおじいちゃんは微笑む。

「これで最後。……さ、なんの音だい？」

「E」

「いい耳をしているね。どれも、まだちゃんと合ってないのがわかるだろう？　ひょっとして、きみのまわりはひどい音だらけじゃないかい？」

どういうことですか、とおれはおじいちゃんに訊いた。正確に音を聞き分ける能力があるということは、こういうことだ、とおじいちゃんが弓を弦に押しつけるのと同時に、おれは両手で両耳をふさいだ。

「きみの耳には、醜い音が醜い音としてありのままに伝わる。しかし、その中から良い一音も正確に聞き分けられる。なによりの救いだ」

おじいちゃんが、二つの弦を同時に弾き始めた。二つの音を辛抱強くすり合わせていく。AとD。DとG。AとE。エレキのパワーコードにちょっと似てるなって思った。オリジナル・ソングを作るのに、ロビーと弾きまくった、ルートと五度の和音。二つの音が響きあうたび、うわんうわんとうなり声がする。まだ不安定な音たちが隣同士、いがみあっている。どの音も自分にあわせて他の音をゆがめようと躍起になっている。おじいちゃんはそのたび、ペグを回して、弦を締めたり緩めたりする。真剣そのものの顔が、幾度となく、切れ目なく、際限なく、音をなだめるようにして、しつけなおす。ぎりぎりまですり合わされた音たちが覚悟を決めたように、一列に立ち上がった。オープン《開放弦》で弾く音は、底力ハンパない。

A for Apple（アップルのA）
D for Doctor（ドクターのD）
G for Guitar（ギターのG）
E for Ear《耳》（イヤーのE）

乾いた指先がさらりとペグに触れたあと、おじいちゃんの小柄な体が大きく揺れた。

弓の端から端までめいっぱい、弦に滑らせる。うなりあいも、いがみあいもピタリと止まった。二つの音の重なりが溶け合って、ひとつの音の大河に流れ出す。独り立ちした音がよく持ちこたえるのは、それが正しい音だから。

——正しい音は良い音、良い音は遠いところから降ってくる。

A for Auschwitz（アウシュヴィッツのA）

選りすぐりの音が刃物のように鋭く、つぎつぎに蛭たちを斬りつけた。

——降ってくる音は美しい音、美しい音は、遠くにある悲しみを目前に引き寄せる。

D for Death camp（死の収容所のD）

細い腕から、青い蛭たちがばらばらと落ちた。

——そうして、正しく良く美しい音は、死者と生者を時空で結ぶ。

G for God（神のG）

音の滴りが、血の滴りに変わった。

旋律の向こう側。死者たちが生者に巣くい、うじ虫のごとくその体を食い荒らしている。穴だらけの全身となけなしの力を振り絞って、老人は奏でる。救いの一音のために。

やがて、生死の狭間の大きな穴に、五線譜を映した血だまりが現れ、その表面から音の繭に包まれた無数の黄色い星々が立ち上っていった。その刹那、ひとつのためいきのような高音が、蛍のように光ったり消えたりしながら、おれの胸のブラックホールに吸い込まれていった。……失くした希望。見果てぬ夢。あとに残された、灰ででかきた、子ども。

——E for Eliezer（エリエゼルのE）

ロビーが死んだときにも、マット・Wに「ジャップ」って呪文で沈黙させられたときにも、父さんに殴られたときにも、自分のパスポートを切り刻んだときにも、好きでたまらなかった彼女を泣かせたときにも出そうで出なかった涙が出てしまいそうになった。震え出しそうになる体をおれは見えない糸で縛りあげた。

「マット？　音はあっていたかね？」

顔をあげると、ありふれた名の老人がそこにいた。よく知っている微笑みだけが、おれを現実に戻す。ヴァイオリンを吊したその左腕には、青い蛭たちがただの番号となって並んでいた。

「完璧でした」

英語読みのおれの名前だって、ただの番号、囚人の名前と同じ。その場しのぎの、間に合わせの名前。

収まりきらない体の、この胸の、そして魂の震えを覚られないように、おれはなるべくふつうに返事した。

必修英語の試験日、ざわざわと話し声でいっぱいの試験会場に入った。マクガイアホールは学内に三つあるホールのなかで最大。全校集会があるときは、全校生徒二千人とその保護者でいっぱいになる。必修の科目は、学年ごとの一斉試験。ホールの入り口で、ラップトップ、タブレット、スマホをスーパーバイザーの先生に預ける。持ち込めるのは、筆記用具と辞書だけ。

おれはボールペンと新品の辞書を抱えて席に着いた。つい最近、ミセス・ルービックの指示で、オックスフォードの学生辞書に買い換えた。こればっかりは、図書館で借りられるものじゃないし、購買部で中古を探していたら、係のおじさんに「辞書だけは中古をオススメしない」って言われた。「言葉はナマモノだから」って。で、電子辞書のアプリを見ていたら、今度は「辞書は紙がオススメだ」って言われた。「紙だと、前後の単語もついでに見るだろう」って。

おれとジェイクは前後に並んで座る。机の上には、問題用紙と裏返しに置かれた解答用紙。

「おれ、あの本、全部書き写したんだよなぁー」

ジェイクが椅子に深々と腰掛けると、背もたれにもたれて、めいっぱい体を反らせた。謹慎中の五日間、おれが寄宿舎で楽しくやっているあいだ、こいつはシーハンの「生活指導」に音を上げそうになっていた。じゃ、「A」か「A⁺」だな、っておれがちょっと笑うと、ジェイクは、おかげさまで、この出来の悪いノーミソでも、あの本の内容はぜんぶ頭に入ってるよ、って肩をすくめた。

「あのシーハンのやることにしちゃ、なかなか気が利いてたよな」

ミセス・ルービックが現れて、壁の大きなデジタル時計が現在時刻の「13:20」から、「90:00」のタイマーに変わった。

「終了十分前に合図します。そのあと、出来た人から、私に解答用紙を渡して、退出してもよろしい。今年、よく英語のお勉強をしたボクまたはワタシには、バスケットの中のお菓子をひとつ持って行く権利があります。それでは、始め！」

問題用紙を開いて、解答用紙を表にむけた。大問は予告通り「Discuss《論じよ》」。

ワトソン・カレッジ　SAC　必修英語十年生　問題用紙　制限時間90分

(問)

エリ・ヴィーゼル著『夜』は、十五歳の少年の目を通して、強制収容所における凄惨極まる状態のなかで、人間の善悪を克明に記録した自伝であり、ドキュメンタリーである。それを踏まえた上で、作中にある、主人公の他者との関わりを例に挙げながら、この作品のキーワードである「人間らしさ」について論じよ。

ワトソン・カレッジ　SAC　必修英語十年生　解答用紙

氏名　マット・アンドウ　**クラス**　10B　**所属ハウス**　クノール

人間の善悪、この分かちがたい概念はどのようにして成されるのか。

強制収容所という身体的精神的に極限の場において、なにを善と呼び、なにを悪と呼ぶかを見極めるには、「これが人間のすることなのか」という問いかけを持ち続けることである。なぜなら、言葉で表せないほどの蛮行のなかで、「人間らしさ」の指標となるのは、自らの意志によるこの問いかけのみであり、その問いかけを可能にするのは、同じ人間として共感することのできる誰か、あえて呼ぶなら、「もうひとりの私」、すなわち、他者の存在である。

収容所生活の中で、少年は信仰と肉親、そして子どもの無垢を失う。彼が受け身で与えられていた保護、そして懐疑心を抱くこともなく完全に依存してきた絶対的存在がなくなること、さらに子ども時代をこのような形でとつぜんに終わらされることは、エリエゼルという名の「〈タルムード〉を勉強する学徒であり、子どもであった私」、「以前のままの甘やかされた子」からの脱却であった。その生死をかけた不可避な道を、善行で導いたのは、彼をとりまく他者たちであった。

たとえば、若いポーランド人の責任者。少年は彼の言葉を「はじめて聞いた人間らしいことば」ととらえる。理不尽な暴行を受けた少年に、命の危険を冒して、ドイツ語で話しかけたフランス女性がいた。シオニストの兄弟は少年の友人になり、解放後に生きていたら「ハイファ行きの最初の船に乗ろう」と話しあった。ユダヤ青年のブロック長は、弱い者や年の若い者のために、「なんとか工面して《大鍋いっぱい》のスープを調達してきた」。

一方で、人間の良心を凍結し、麻痺させてしまうような光景も少年は目撃する。たとえば、指揮棒を左右に動かすだけで、一人の人間の生死を決めてしまうメンゲレ博士。自分本位で残忍にふるまうカポ《労働監視員》。純真、潔白の「悲しい目をした天使」のような子どもを見物人の前で絞首刑にする親衛隊員たち。彼らには、例の問いかけが存在しない。

囚人たちのなかには、ひとかけらのパンを奪い合って、殺し合った父子もいた。

しかしそれは、生への執着と死への恐怖のなせる業であり、無実の人々による罪ある行為を、少年は「異邦人の観察者のごとく」見つめ、その善悪を区別したり、裁いたりすることはない。なぜなら、生と死に関することはすべて、善悪が表裏一体となった「人間らしさ」の表れであるということを、「人間らしくない」収容所生活が少年に教えたのである。少年自身もまた、年老いた父親という重荷を背負い、生きるために、わが身のことを優先して行動を起こしそうになる誘惑と罪の意識による葛藤に闘い続けたひとりであった。

日々繰り返される凄惨の渦中で、このような「人間らしさ」に触れることは、少年自身も「人間らしく」生きることを意味する。少年にとっての「人間らしさ」とは、父を最後まで見捨てないことであり、決してあきらめないことであり、希望を持ち続けることであった。それは後年になっても、「瀕死者の聴衆にヴァイオリンで別れを告げている」ユリエクのヴァイオリンの音に思いを馳せ、彼が「二度と奏でることのないもの」に耳を澄ませることでもある。

収容所で過ごしたあいだ、少年の中で神は死んでしまった。しかし、彼は、彼をとりまく他者たちのなかに愛、思いやり、友情といった「人間らしさ」という神を見いだす。その神を自分自身のなかに育み、信じ、仕え、そしてともに生きるということが、「エリエゼル」から「エリ」への生還の道である。

　本作は二十一世紀を生きるすべての人たち、そして多国籍多民族の移民国家であるこの国に生きるわれわれにも、強いメッセージを残す。なぜなら、「人間らしさ」を求める心は、時代や国籍を超えて、私たち人間に共通だからである。「人間らしさ」という目に見えない概念を、言葉や行為であらわすことができるのが、真の人間らしい人間だと、われわれはいつの世も信じたいものである。


試験終了のベルが鳴るのと同時に、チュッパチャプスのイチゴ模様の包み紙をはがしながら、ホールを出た。ジェイクがおれを見つけて近づいてくると、おれたちはハイファアイブした。

「よ、そこにいたのか」

ジェイクとふたりで喋っていると、ＪＪが、カエルの形のチョコレートを頭から囓りながらホールから出てきた。やっぱ、チョコレートはミルク・チョコレートに限るな、って言いながら、今度はカエルの顔を口に入れた。おれは気に掛かっていたことをふと思い出した。

「な、おまえ、「ミルクとハニーの国」ってどういう意味か知ってるか？」

おれがそう訊くと、JJはまるで一般常識のように答えた。

「「乳と蜜の流れる地」じゃねえの？」

ああ、またやられた、っておれはひとりごちた。これに限らず、いまだに、冗談とかギャグとか、おれには全然笑えない種類の言葉がある。そういうのは、たいていバイブルかシェイクスピアのもじりだ。たとえば、謹慎処分のあと初めて学校に行ったとき、担任のミスター・ウォルシュに「放蕩息子《プロディガル・サン》のお帰りだ」って言われた。クラス中にニヤニヤされたけど、おれだけなんのことだかわからなかった。自分だけ笑えないっていう事実に、ああ、おれ、この国に参加させてもらっているだけで、やっぱ、ここの人間じゃねぇんだなって、この国から完全に締め出された気がしてくる。オージー・イングリッシュ特有の言い回しとか、省略語に至っては、いまだに英語に聞こえないときがある。話し言葉は土地の番人だ。おれたちみたいなのがほんの一瞬黙るだけでまたたくまに足下の土地からおれたちを引き剝がしにかかる。さっきみたいに試験用の英語ができるようになっても、こういう不意打ちには、いまだに、まるで太刀打ちできない。

「それ、どんなところだよ？」

おれは、ＪＪにいつになくしつこく訊く。ＪＪはチョコレートを平らげながら、茶目っ気たっぷりにウィンクした。

「うーん、つまり、めちゃくちゃいいところ、っていうことさ。だれもが行きたがるような。ミルクもハニーもたっぷり、おかげでみんなハッピー、神様やっぱすげえ太っ腹、サンキューベリーマッチってな」

キーランが好物の「マーズ・バー」を頬張りながら現れた。試験直前に、ロン毛をいきなりスキンヘッドにしてきた。切った髪の毛は、病気の子どもをサポートする団体に寄付したらしい。チョコレートのなかのキャラメルが、下唇から糸のように引いている。おれたちはキーランに群がって、青光りしたツルツル頭をなでまわしたあと、お互いに手を伸ばし合ってハイファイブする。

「試験、どうだった？」

ジェイクとおれは顔を見合わせて、ニンマリした。

「Aced it!《ばっちりだよ》」

ワトソン・デーの最後は例年通り、ホールでディスコ。ダンス・ミュージックを大音量でかけて、大晦日の夜みたいに、キスしたりハグしたり大声出したり。塔の鐘が鳴りおわると、おれはホールを脱けだした。なんだか騒ぐ気になれなかった。明後日、全額給付生の試験があるっていうのもあるけど、劇の本番はほとんどリハ通りで、やっぱりスッキリしなかった。観客の反応もイマイチだったし。今年の課題は「ノン・ナチュラリズム」が前提だった。抽象にするのって、ほんとうに難しいと思う。カッコイイとかキレイって言ってくれるやつもいたけど、カッコイイだけ、キレイだけで、とても持ちこたえられないと思う。上演後、バックステージでキャンベル先生に呼び止められて「感想」を訊かれた。おれが、なんか悔しい、ゴールド・ラッシュみたいにわかりやすいことが、なんでここまでわかりにくくなったんだろう、って言った。

「悔しい？　そうか、悔しいのか、きみは」

キャンベル先生はそう返事すると、いつもするようにおれをじっと見つめた。

「わかりやすいことをわかりにくくするのは簡単だが、わかりにくいことをわかりやすくするのは至難の業だ。深い理解と正確なスキルがいる」

数種類の考えを用意して、それぞれに一番適切な方法を探し当てるのがいい、エクスペリメンタル《実験》もたくさんやってみて。きみはもしかしたら、演出に向いているかもしれない……来年はそうだな……あれもやってみるか……ソロかアンサンブルか……それとも……と言いかけてふとやめる。

「きみ、他の選択科目は何をとっていた？」

「専門数学《スペッシュ》、化学《ケモ》、科学《サイエンス》、生物《バイオ》……」

「数字満載だな。来年、またドラマを履修する予定は？」

おれは黙り込んだ。おれの場合、理数系の科目は少し努力すればいい成績がとれる。特に数学。よく考えたら、数字って、いつもリセットの状態だ。数字が相手なら、恥ずかしい思いをすることもないし、遠慮もしないし、それに、死にたくなったり、人殺ししたくなることなんか絶対ない。

「数字も好きだけど、おれ、映画見るのも好きだな……。ギター弾くのも好きだし……、本読むのも……本はちゃんと読めているかどうかわからないし、おまけに、すっげえ時間かかるけど……。ちゃんと読めてないから、ちゃんとわかりたいって思うし、すっげえ時間かかるから、よけい好きっていうか……」

「モーツァルトの音楽、聞いたことあるか？　シェイクスピアはすべて読んだか？」

おれが頭を左右に振ると、ああいうものは何気ないようでいて、全部計算し尽くしてあるんだぞ、焦るんじゃない、人生に無駄なことなどなにひとつないのだからと、おれの顔をじっと見据えた。

「最後に、もうひとつ」

キャンベル先生はフフンと笑うと、観客席の一番前にいた八年生の女子に気がついたか？　ほかにも何人か、うっとりしているのがいたな……、とニヤリとした。

「その声は生まれつきのものだ」

この声、父さんにそっくりだってよく言われるとおれがぼそりとつぶやくと、親に感謝したまえ、すばらしく上質のバスだ、とおれにウィンクしてキャンベル先生はバックステージの階段を降りていった。

マクガイアホールを出て駐輪場に行く途中、ジェイクがおれのあとを追ってやってきた。行けなくて残念だな、っておれに話しかけてくる。ああ、でも、仕方ねえや、っておれ。サイクリング・クラブの募金は三万ドルを超えて、東ティモールへのボランティアの日程も夏休みの半ばに決定した。ジェイクがおれとチャリでグレイト・オーシャン・ロードを三百キロ走るのも、東ティモールにボランティアに行くのもすごく楽しみにしていたのは知っていたけれど、おれはどっちもキャンセルしてしまった。キャンセルの理由は、おれのチャリはもう限界、それから、パスポートの再発行に時間がかかりすぎたせいだ。紛失ってことで、届出を出したり、戸籍謄本を日本から取り寄せたりしている間に、海外ボランティアの参加申し込みの締め切り期限が来てしまった。

駐輪場につくと、人影が見えた。暗闇でもはっきりわかるくらい、大きな男の影。ジェイクとおれは顔を見合わせた。

「おい、待て」

ジェイクが足を止めた。マット、気をつけろよ、って小声になる。影がおれたちに近づいてきて、マット・Wになった。

「ちょっと来い」

なんだよ、おれにまだ用があるのかよ、っておれはあいつを睨みつけた。

「おれ、明日、じいさんに会うのに、あっちに戻るんだ。その前に、おまえと「チキン・ラン」やろうと思ってさ」

こいつも、おれと同じように、サイクリング・ツアーとボランティアの両方をキャンセルしたって聞いた。けっこう、張り切ってたはずなのに？　自分のやりたいことまで放り出して、犬みたいにじいさんのところにさっさと戻るんだ？　じいさんの召使いか、こいつ？

「おれが勝ったら、「おれたちジャップは、本物のマットのじいさんに悪いことしました、申し訳ございませんでした」って、謝れ」

おれは無言で立ち尽くした。それをまだ言うか？　わっかんねーやつだな？　こいつ、ジャップとこのおれの区別がまだつかねえのか？　いいかげん、迷惑なんだよ！

「おれのベスト・フレンドが勝ったら？」

ジェイクが口を挟んだ。マット・Wがジェイクを一瞬振り返った。それから、またおれの方に向き直って、ふうん、おまえらしいな、テリングがおまえのベスト・フレンドか、って、頑丈そうな白い歯を見せて笑った。おまえが勝ったら、おれのチャリをやるよ。おまえも、チャリで走るの、好きなんだろ……？　まあ、どうせあっちには持って帰れないしな、って舌打ちした。

「おまえ、ジャッジやれ」

マット・Wがジェイクに向かって言った。ジェイクはおれを見上げると、「どうする？」って顔をした。

こいつ、まだ何か勘違いしてる？　自分が勝ったらじいさんが喜ぶとか思ってんのか!?　いい土産話になるとか思ってんのか!?　そんなこと、絶対させねえぞ！

「ジェイクがジャッジするんだな？」

おれはあいつに向かって念をおした。あいつが無言で頷いた。こいつの汚いマネ、ズルいマネ、セコいマネも、金輪際ゴメンだ。

「ＯＫ」

あいつとおれは、それぞれのチャリにまたがって、それぞれ駐輪場の反対側に走っていった。お互いをめがけて全速力で走っていって、さきにブレーキをかけた方が負けだ。駐輪場の一番端の方に向かいながら、なんだって、こんなガキみたいなことしなきゃなんねえんだろうって、だんだん可笑《おか》しくなってきた。一騎打ち？　正面対決？　リベンジ？　ガキのやるただの度胸だめしだろ、これ？

「Guys!《おまえら》 You ready?《準備いいか》」

ジェイクのかけ声で、ペダルに足を掛ける。フン、まだまだガキみたいに怒ってるんだ、あいつ。膝が震えた。実は、おれだって、ガキみたいに怒ってんだよ、まだまだ、おまえには。いいか、その呪文、おまえのその口からは二度と聞きたくねえんだよ！　まして、自分の口から言わされるなんて、死んだほうがマシなんだよ！　ハンドルを握りしめた。ジェイクのかけ声が聞こえてきた。

「３・２・１……Go!」

駐輪場のたったひとつの蛍光灯が、闇の中でついたり消えたりして、おれたちにヤジを飛ばしているみたいだった。タイヤの下で砂粒がぱちぱちと小気味よい音を立てた。おれはペダルを一心不乱に漕ぎながら、怖いのと愉快なのでヘンになりそうだった。たぶん、あいつも同じだろうなって思った。――たったいま、おれたち同じようなこと考えて、同じような顔して、同じこと感じてるんだ。あいつがおれで、おれがあいつで。

あいつの姿が原寸大になったとき、おれは思わず目を閉じてブレーキをかけた。目を開くと、ハンドルを大きく切って脇にそれたあいつの傍ギリギリを、おれはそのまま一直線に、猛スピードですり抜けていた。タイヤ止めのある場所まで辿り着くと、チャリを停めた。ジェイクがおれに駆け寄ってきた。

「You won《勝ったんだよ》!」

あいつが自分のチャリを地面に叩きつけるのが見えた。ブレーキ、きかなかったみたいだ、っておれはジェイクに耳打ちした。ジェイクはきょとんとした顔をして、おれのボロいチャリを見ると、いいチャリじゃん、って、小さく笑った。

あいつが汚く罵りながら、猛然と歩いてきた。ジェイクが身構えた。

「ミジェットはどけ！」

ジェイクを押しやると、あいつはおれの真正面に立った。

「おれは、ジャップは大嫌いだ！」

おれは、チキン《ビビリ》じゃない。おれはあいつめがけて怒鳴り返した。

「おれは、おまえが大嫌いだ！」

オージーだろうがブリティッシュだろうが、何人《なにじん》だろうが、おまえみたいなやつは大嫌いだ！　最後にそう言い捨てて、あいつに背中を向けると駆け出した。追いかけられると思って、全速力で走った。あいつのかわりに暖かい暗闇がついてきた。行く先の遠い空に、一番星がぼうっと現れた。

「マット！　待てよ！」

ジェイクの声がして、おれはその場で立ち止まった。ジェイクは息を切らせながらおれに追いつくと、マット、大丈夫か、って、確かめるようにおれに訊いた。ああ、っておれは答えた。

「あいつ、自分のチャリ、ほんとに置いて帰ったぜ。おまえにやってくれ、って、おれに念を押していったぞ」

いらない、っておれは即答した。

「なあ、マット。あいつのチャリ、すっごくいいチャリだぜ？　知ってるだろ？　フレームはカーボン・ファイバーだし、二千ドルはすると思うな。あれだったら、グレイト・オーシャン・ロードも余裕で走れるぜ？」

いらない、っておれはまたジェイクに返事をぶつけながら、Tシャツの袖の下に広がる火傷の痕を見つめた。左肘とそのまわりの皮膚がひきつれて、細かい筋がいくつも浮き上がっている。それが光の加減で白くみえたり赤くみえたりする。だいぶ目立たなくなったけれど、元通りにはならないとドクターには言われた。あいつがいなくなっても、これを見るたびに「ジャップ」って呼ばれたことを思い出すなんて、一生消えない呪文の烙印をくっつけて生きていかなきゃいけないなんて、あんまりだ……！

「あいつのチャリなんか絶対いらない！」

わかった、マイト、おまえの好きにしろ、って、ジェイクがいつも通りポジティブなこと言いながら、悲しそうな声を出した。親友にこんな顔させて、おれってなんて嫌なやつなんだろう？　火傷の痕を指でなぞりながら、おれは叫んだ。

「I really do hate myself SO MUCH!」

四学期の最終日、全校集会で各賞の表彰のあと、ハウス杯の結果発表があった。四位、オトゥール・ハウス、８９９０ポイント。三位、シュバリエ・ハウス、１０００２ポイント。二位、クノール・ハウス、１１１５４ポイント。一位、ローチ・ハウス、１２２０８ポイント。ローチの軍団から歓声が上がった。

「また、ローチか」

「あーあ、もうちょっとだったのに」

「ずるいんだよ、ローチはスポーツできるやつが多いんだ」

クノール生のあいだで、去年と同じ文句が聞こえてくる。たしかに、ローチは筋肉系のやつが多くて、スポーツ・イベントでは優勝を総なめにすることが多い。こっちでは、スポーツができるかできないかで、学校生活まで変わってくるんじゃないかとおれは思う。とにかく、得する。

「ただ今より、全校生徒と保護者、ならびに後見人に、学年末試験の結果および本年度のレポート《通知表》を送信します」

「Aargh!」

おれのとなりでＪＪが悲鳴をあげた。一応、来年もワトソンに残るって決めたものの、まったく勉強してなかったので、試験はさんざんだったはずだ。おれはちょっと苦笑いしながら、ポケットのなかからスマホを取り出した。

——マット・アンドウ（10Ｂ　クノール・ハウス）
学年末試験　結果　ＰＤＦ

本年度レポート　リンクへ
受諾・署名フォーム　PDF
パスワード　＊＊＊＊＊＊＊＊＊＊

「Chiro4Bainu」とおれは入力した。

翌日、ほとんど誰もいない学校に全額給付生の試験を受けに行った。真っ赤にただれた朝陽が浮かぶ空の下、駐輪場に着いた。あいつのチャリがチキン・ランをしたときとまったく同じ形で地面にひっくり返っていた。完全に無視して通り過ぎて、午前中の筆記試験を受けに行った。午後には、受験者がひとりずつ、校長と副校長兼学年コーディネーターのシーハン、それから理事長による面接を受けに、応接室のある事務棟に呼ばれた。

「受験者3番。筆頭推薦教諭は数学科、ミスター・ゲリー・シュミット。必修科目からは英語科、ミセス・カーメル・ルービック。選択科目からは演劇科、ミスター・アレキサンダー・キャンベル。課外活動からはサイクリング・クラブ顧問、ミスター・サイラス・シノット。身元保証人、有限会社デイヴィッド・コーエン&サンズ代表、デイヴィッド・コーエン氏。それでは始めます」

秘書の人が推薦書を読み上げたあと、校長に「全額給付生として、本学にどのような貢献をするか。合格した際、フル・スカラーとして本学に献身し、忠実、誠実に振る舞うことを誓うか」みたいな質問をされた。「合格しました暁には、いままで払っていた学費を寄宿舎費にあてて、学業に専念する所存です。卒業まで、ワトソン生として忠実に振る舞い、卒業後も本学OBとして誇りを持つことを誓います」と、あらかじめ頭の中に用意してあったセリフで即答した。

理事長には「本学の生徒の国籍総数は四十七カ国、保護者のそれも合わせると八十カ国を超える。創立七十年の伝統に加え、国際色豊かで自由な校風を最も誇りとするが、それに関して、本学そして社会に貢献できることがあるか」と訊かれた。こちらの質問には、しばらく考えてから、思いつく限りの言葉で答えた。「私の国籍は日本です。この国に来てもうすぐ六年、本学生になって四年になります。その間、日本人、現地生、さらにはEAL生として、オーストラリアの教育を受けて参りました。その経験を生かし、このちも、本学の多様性を尊重し、その一助となるよう、努力します。またこれまで同様、学内外のボランティア活動も続けていきます」。途中でシーハンのやつが、「この受験者には、本年、謹慎処分の経歴がありますが」とか言うので、「黙れよ、このウ〇コ野郎」ってあいつの悪口を心の中のトイレに流しながら、なんでもない顔をして、無言で校長と理事長を見つめた。

「受験者3番。ただいまより協議するので、一度外に出て待つように」

そう校長に言われて、おれは応接室を出た。暑かったので、ネクタイを緩めながら、そのまま事務棟の裏から外に出た。すぐそこに駐輪場が見えた。

オーブンのような熱気のなかで、あいつのチャリがまだ転がっていた。見て見ぬ振りをしようかと思ったけど、あんまり惨めったらしい有様だったので、おれは思わず舌打ちして、中庭を通り抜けると、太陽の下でギラギラ光る銀色に近づいて行った。

「まだ置き去りにされてるのかよ、おまえ」

おれはそうひとりごとを言って、チャリの横に座り込んだ。こういうの、おれ、すっごく苦手なんだ、知ってるか、置き去りにされる方もキツイけど、置き去りにする方だってけっこうキツイんだぜ、ってチャリに話しかける。

「おまえさ、そうやって哀れっぽくみせて、こっちのこと悪者にするのが趣味なんだろ？　おまえの持ち主もそういうやつだったしな……」

曲がったハンドルが、あいつが唇をめくりあげて笑う顔になる。おれは続けた。

「なんでおまえの持ち主、おまえを連れて帰らなかったんだろうな？　薄情なやつだと思わないか？　けっこうおまえのことジマンしてたのにさ。いまのおまえのこの姿見たら、あいつ、泣くかもしれねえな」

いい気味だ、って、おれはつぶやくと、その場に寝転んで空を見上げた。昼下がりの夏空は、息が止まりそうな熱気に反して、朝の霧と同じくらい軽やかで、夜の闇と同じくらい超然としていた。

「ああ、そっか。おれにおまえを押しつけて、おまえを見るたび、おれが悪者だって思い出せってことか？　忘れるなって？　しつこいんだよ。おれ、あいつになんにも悪いことなんかしてないんだぜ？　コレ見ろよ」

おれは上半身を起こしてブレザーをぬぐと、肘から下に広がる火傷の痕をチャリに向けた。

「おまえこそ、忘れるな！」

こらっ、何とか言えよ、って、おれは返事しないチャリに向かってマジ切れしてしまう。

「マット！」

事務棟のドアの前に秘書の人が立っていた。

「校長がお呼びですよ！」


応接室のドアをノックして入った。猛暑のなかを走ってきたので、息が切れて、額から流れた汗が目に入った。

校長が立ち上がって、手を差し出した。おれがおずおずと自分の手を差し出すと、校長はおれの手をしっかりと握った。

「マット・アンドゥ。来年度より卒業まで、本学にて全額給付金を受けることを全会一致にて認める」

理事長が差し出した紙にM. Andoとサインした。シーハンが秘書の人から「ワトソン・ブルー」バッジを受け取って、おれのブレザーの襟元につけた。

「アンドゥ。承諾の印として、本学の開学の精神と、モットーを宣誓せよ」

本当はアンドウ《Ando》なんだけど、もうアンドゥ《Undo》でいいや、っておれはこころの中で同じことを何万回目かであきらめながら、右手を挙げた。そして宣誓する。新しい国のための、新しい世代のための、新しい人のための、自由で開かれた教育、と、いつもやっているように。目を閉じる。瞼の裏に、太陽の下でギラギラ光る銀色がちらついた。

「信頼、平等、社会貢献……」

自分の声が犬の遠吠えのように聞こえた。信頼？　平等？　社会貢献？　ずいぶんご立派じゃねえか？　口で言うのは簡単なんだよ！　ロビーのやつはどうなった？おれは、ロビーの身代わりじゃねえぞ！　学費を払わなくてもいいかわりに、おれは、この声が嗄《か》れるまで、潰《つぶ》れるまで、出なくなるまで、このウソ八百を、卒業まで言い続けなきゃいけないんだ……！

「おめでとう」

シーハンの差し出した手をいい加減に握ると、おれは外に飛びだした。駐輪場まで全速力で走ると、あいつのチャリを思いっきり蹴飛ばした。反射板が割れて落ちた。オレンジ色が砕けてあたりに散らばった。

「そんなふうに泣いても、おれは絶対に許さないからな！　この学校も、なにが信頼だ、なにが平等だ、なにが社会貢献だ！　ロビーを返せ！　You bastard!《クソッタレ》」

チャリを両手で持ち上げると、地面に叩きつけた。何度も蹴り上げた。気がおかしくなったみたいにバカ笑いしながら、しゃがみこんだ。そして、空を見上げて怒鳴りつけた。

「何見てるんだよ！　おれにウソをつかせて、そんなに楽しいか!?」

そうして地面を這うようにして、両手いっぱいに反射板のかけらを集めると、地面に叩きつけるようにしてぶちまけた。体中の血管が波打ち始めた。全身が自分の脈になる。息が止まりそうになった。両手をぎゅっと握りしめると、頭上の空をみあげて、燦々《さんさん》と輝く光のみなもとを探し当てた。

「いつもいつも高いところからおれたちのこと、見下ろしやがって……、いいか、いまは真っ昼間だ。そこから、ここがよく見えるはずだ？　おまえ、「全能者」なんだろ!?　この学校のことも、ロビーのときみたいに、暗闇で見えませんでしたとか、気がつきませんでしたとか、知りませんでした、で済ませるんじゃないぞ！　この世で一番無関心なのは、おまえだ！　おまえは見殺しの天才だ！」

「マット！」

声のした方を振り返ると、ジェイクが走ってきた。一人でも、観客がいれば芝居になる。おれは思わずネクタイの結び目を喉元まで引き上げた。ああ、そうだ、今日はジェイクも下級生たちの練習試合を見に学校に来るとか、たしかそんなこと言っていたんだった。

「試験、どうだった？」

おれが親指をあげて、おじいちゃんにレフリーになってもらったお礼を伝えておいてくれるように言うと、ジェイクは満面の笑みでおれに近づいてきた。

「ま、おまえのことだから心配はしてなかったけどな。あー、こっちは、もうメタメタ。今日の試合相手、どこだったと思う?」

ＴＢＧ、っておれは答えた。なんでわかるんだよ、ってジェイク。おまえの顔みればわかるよ、っておれ。ＴＢＧとはよく練習試合やるけれど、あいつらはマナーがとても悪いので、試合のあとは必ずといっていいほど、勝っても負けてもメンバー全員が浮かない顔をしている。ジェイクが横倒しになったチャリに目をやった。

「なあ、マット。こんなふうにチャリをくれるなんてさ、あいつおまえのこと、案外気に入ってたんじゃねえの? おまえが日本人じゃなかったら、あいつ、おまえと友だちになってたかもしれねえよな?」

それはない、っておれは答えた。

「そうかな? もしかしたら、あいつ、日本人の友だちもアリ、とか思っちゃったとか? で、自分でも決めきれなくて、チキン・ランをやってみたのはいいけど、おまえがあっさり勝っちゃったしさ……」

ジェイクがククク、って笑う。あれはまぐれだよ、っておれも笑った。それから、あいつのチャリに目をやった。車輪のスポークが何本か折れたり外れたりして、奇妙な空間ができている。

「だいたい、あいつが日本人を嫌いなのは、日本人を目の敵《かたき》にしているじいさんにいろいろ教わったからだろ？　なんかの病気もらうみたいにさ」

それから、自分で自分に話しかけるみたいにひとりで喋りだした。

「シーハンの命令で、あの本を書き写させられただろ、おれ。機械みたいに文字を書き写すことにだけ気を取られて、話の内容はあんまり気にならなかったんだ。だいたい予想もついていたし。だけど」

ジェイクはとつぜん物思いにふけると、おじいちゃんは黙っているからこそ、救われている気がするとつぶやいた。

「つらい経験は自分ひとりで抱え込まないで、人に話すことでラクになるってよく言うけれど、そうじゃない人だっている」

「おれは、おじいちゃんはある意味、話し上手だと思うな」

ジェイクはおれの言葉にちょっと首を傾げてみせた。おじいちゃんだけでなく、マット・Wも話し上手だった。伝え方が違うだけで、ふたりとも話をするのが上手《うま》いと思う。でも、おじいちゃんがわざわざ黙っているのは、ある人には美しい音楽にきこえても、別の人には耐えられない騒音に聞こえるときもあることを知っているからだ。

あっていない音が、耳障りで強引だってことも。

「おれは、おじいちゃんが話したがらないことは、これからも聞かない。本人は「運が良かっただけだ」っていつも言うけど、あの本を読んだら、そんなことは絶対ないと思う。おじいちゃんは生きているだけで、スーパースターだ」

ジェイクを見つめかえしながら、おれはため息がでた。きいたか、ロビー？　おまえが生きるのをやめた理由、わからないでもない。この先、おれも、正直、自信ない。おまえが親と親の国に縛られて窒息したみたいに、おれは将来なにを望んでも、ジャップっていう一言に縛り上げられて、なにもできそうにない。かといって、おれはおまえみたいに生きるのをやめることもできそうにない。この先、なんとなく生きて、だらだら生き残って、死んでいるみたいに生き続けるしかない……、おれ、なんのために生きてるんだろう？　生きて、なんの役をやればいいんだろう？　おれは、おそるおそる、ジェイクに尋ねた。

「なあ……、あいつ、じいさんからもらった「日本人嫌い病」、今度は自分の子どもにもうつすとか？」

おれがそう訊くと、ジェイクは少し考え込んで、そうだなぁー、再発もありうるだろうけど、あいつもおまえに会って、少しは免疫ができたんじゃねえの？　おまえがなーんにも考えてないやつだったら、ほら、それこそ、金持ちっていうだけのつまんない留学生とかだったら、あいつも軽蔑してバカにしてオシマイだっただろうけどさー、相手がおまえじゃなぁー。おまえ、わかりやすいんだよ。自分では無視しているつもりでも、はっきり態度に出ちゃってて、結局しっかり相手にしてるんだよ。ま、おまえのそういうところが、おれはうらやましくってたまらないんだけどな。あいつも、そうだったんじゃねえの？　ジェイクはケラケラ笑ったあと、ふと真顔になった。「おまえ、もっと堂々としろよ。やせがまんでも、ハッタリでも、それこそ演技でもいいから」

チャリのタイヤに光が当たっていた。スポークの倒れた場所から、地面に大きな影が伸びている。――この世は、このふたつで出来ている。この風景も、このチャリも、そしてこのおれも、光と影のがらんどう。片足を伸ばすと、つまさきでそこにそっと触った。そのとたん、おれをがんじがらめにしていたあの呪文が解けて、油のように滑らかに、水のようにすばやく、足下の土に染みていった。まじりあわない液体がおれの胸の奥底に湧きあがって、渦を巻いた。マット・W、どこまでも気にくわねえやつ……、でも、この先、おれが行く先々、そしておれの未来にまで影みたいにくっついてきて、絶対に忘れられないやつ……！

ジェイクは地面からチャリを起こした。メンテのおじさんにたのんで、リサイクルに回してもらうか？　って、つぶやきながら、チャリを両手で押して、噴水広場へ向かって歩き出した。おれも、ジェイクのあとからついていった。チャリはまだまだ十分乗れるけれど、おれの場合、このチャリのサドルにケツを乗せただけで、ケツの穴が腐りそうだ。

だれかがこっちに向かって歩いてきた。マリス寮のテオだった。片手に見覚えのある大きな紙袋を持っている。

「マット！」

久しぶりだったので、おれたちは大げさにハグすると、ハイファイブした。テオをジェイクに、ジェイクをテオに紹介する。テオはジェイクと同じくらいジェイクの押しているチャリに興味を持ったようだった。

「いいチャリじゃん、それ。おまえの？」

持ち主がいないので、メンテのおじさんのところに持って行くとジェイクは愛想よく答えた。テオがニヤーッと顔中で笑った。

「じゃ、おれに貸せよ？　おれ、これからピザを買いに行かなきゃならないんだ」

「またかよ!?　おまえ！」

おれは思わず大声をあげた。四階の連中はときどきクジ引きをやる。紐のさきに金色の二ドルコインがついていて、それを引いたやつはこっそり寮を脱けだして、ピザを買いに行かされる。おれが寮にいるときもたしか、テオはコイン付きのクジを引いていたはずだ。ピザ屋はトラムの線路沿いにあって、ここから十五分くらいかかる。で、他の寮生に見つからないように、持参した紙袋にピザを入れて持って帰る。でも、歩いて寮に着く頃には、ピザは冷めてしまう。かといって、ハイエナみたいな下級生がうじゃうじゃいる寮の玄関先まで、ピザのデリバリーなんて頼めない。

おれはジェイクを見た。サッカーでやっていたときのように、二人だけの暗号を送る。ジェイクがウィンクした。

「やるよ、このチャリ。ピザを買いに行くのに、みんなで使えよ」

「いいのか!?」

テオはジェイクとおれを交互に見た。「棚ボタ」ってマジこのことだなって、おれはテオのことをちょっと笑った。マットもこう言ってるし、もうひとりのマットもいって言うと思うし、ってジェイクはニコニコしながら、テオにチャリを手渡した。

「おれも、近いうち、使うかもしれねえしな」

ジェイクにいつもの合図を送って、あいつのチャリから視線をはずすと、自分の影にのみこまれてしまわないうちに、おれは一気に駆け出した。久しぶりに体が軽い。空ではスカイブルーの波頭が立ち、その上の入道雲から白いあぶくが弾けた。風が吹くたび、そこに初夏の新緑がつぎつぎに重なった。

ジェイクが追いかけてきた。おれはおれのベスト・フレンドとハイファイブすると、噴水広場の噴水の周りを駆け回った。

Summer Holiday

（夏期休暇）

「そっち、お正月に遊びに行ってもいい？」

十二月に入ってすぐ、姉貴がスカイプしてきた。父さんはいつもだったら、九月には里帰りのチケットを予約するけれど、今年はしなかった。今年は日本に行かないとおれが宣言したのもあるし、今回は父さんもいろいろあって、それどころじゃなかったと思う。姉貴もやっと就職が決まって（印刷会社の事務）、海外旅行に行くなら、今のうちだって言う。画面のむこうで、姉貴が風呂上がりの濡れた髪をタオルで拭いた。

もう十二月に入ってるじゃん、まだチケット取れるかな？ っておれが言うと、いくら高くてもいい、いままでのバイト代は全部貯金してある、車の免許も持っていく、とか言う。

「お願いだから、免許取ったばかりで、こっちで運転したいとか言うなよ」

おれがじろりと睨むと、いいじゃない、念のためなんだし、って姉貴が声をあげて笑う。あんたはもう車に乗れるのよね、そっちって何でも早いわよね、って感心するので、いや、車の運転はできるけど、おれの免許は初学者用《Lプレート》で、初心者用《Pプレート》が取れる十八歳になるまで、助手席にフル・ライセンス《正式免許》を持っている人を乗せないと運転できない、って説明する。

「なにそれ？　なんかよくわかんないわね」

「とにかく、そういうことなんだよ。ま、遊びにくるのは全然構わないけど……」

　おれはキッチンの方向に頭を向けると、耳をそばだてた。食器の触れあう音や、母親と子どもの声が聞こえてくる。一昨日《おととい》も集金日。昨日の夜から今朝にかけても集金日。それから、今夜も今から集金日。集金日が続くおかげで、糊のきいたシーツで眠っている。寄宿舎でも洗濯物にはぜんぶアイロンをかけてもらえたけれど、さすがにシーツにアイロンと糊までは無理だった。

「なに？　誰かいるの？」

　いいや、とおれはなるべくふつうに答えた。画面に視線を戻すと、なんでもないふりして話しかけた。

「いいんじゃねえの？　正月こっち来いよ。母さん、どうすんの？」

　おれの質問に姉貴はちょっと口をつぐんで、おれに呼びかけた。画面の中で、姉貴がタオルを手に掛けたまま、おれをじっと見つめてくる。髪の生え際とか、おでこの形とか、なんか鏡を見ているみたいだ。おれたちはじっと見つめ合った。

そして、相手の唇の動きにあわせて、自分のセリフを乗せていく。

——私、家を出ようかと思うの。

——おれ、寄宿舎に入ることにした。

——お母さん、ほんとうにひとりぼっちになっちゃうけど。

——父さん、おれがいないほうが、いいと思う。

能面のように眉一つ動かさず、こんどはたがいのセリフに、自分の事情を乗せていく。フフフ、アハハ、と、姉貴もおれもこらえきれなくなったように笑い声をあげた。そのあと、しばらくおれたちは、久しぶりに遠慮なく笑い合った。

一月の二日、姉貴を空港まで迎えに行く前に、サンデッキに出て、半開きになったフレンチ・ドアからふと家の中を覗いた。リビングのテレビの横に、クリスマス・ツリーがまだ飾られたままになっている。十二月に入ってから、父さんがガソリンスタンドで生木のクリスマス・ツリーを買ってきた。もみの木じゃなくて、もみの木そっくりの小型の松の木。小型といっても二メートル以上あって、てっぺんに飾られた星は天井に届いている。アナベルとエイプリルが飾り付けをして、おれがツリーの一番上から電飾を巻いた。アナベルに「マット、あなたなら届くでしょ」って頼まれると、断れなかった。ここのところ、集金日じゃない日なんてほとんどない。ぴんと張り詰めた、糊のしっかりきいたシーツに素っ裸で寝るの、もうクセになってる。

クリスマス・ツリーがある場所には、しばらく前まで、父さんが接待ゴルフで使っていたゴルフクラブのセットがあった。会社を辞めてからはリビングに置きっぱなしだったけれど、ツリーを置くために今は庭のシェッド《納屋》に片付けられた。父さんの日本人の友だちが来るたびにスイッチが入るカラオケ・マシーンも見当たらない。それも、クリスマス・プレゼントを置くのにジャマだからってことで、ランドリーの洗濯機の横に押しやられた。衛星放送の受信機ボックスも取り外した。あんなものにわざわざお金を払わなくっても、インターネットの動画サイトなら、日本のニュースもドラマもバラエティーもなんでも見られるし。

受信機ボックスのあったテレビ台の棚には、「ディズニー」のDVDがずらりと並んでいた。いま、エイプリルがその中のひとつに完全にハマっていて、ヒマさえあればDVDを見ながら踊って歌っている。最近では父さんまであの歌を覚えて、二人で合唱したりする。それも、昨日のうちにおれの部屋にぜんぶ運んでおいた。キッチンからは、昨夜のロースト・ラムのにおいがまだしていて、母さんが日本から持って来て、そのまま置いて帰った大皿の立てかけてあった場所にロースト用のオーブン・トレイが洗って乾かしてある。これなら、友だちを連れてきても大丈夫かな、とか思う。目障りなものが、ほとんど見当たらない。いま、この家で目障りなのは、このおれだ。

父さんを助手席に乗せて、おれの運転で空港に姉貴を迎えに行った。姉貴は家につくなり、以前自分が使っていた部屋にスーツケースを入れると、家の中をうろうろした。

「うわー、いいにおい！　ホンモノの木のツリーなんて、リッチ！」

リビングのクリスマス・ツリーは猛暑のなかでカラカラに乾いていたけれど、家の中ではまだ生木のいい香りがした。サンデッキに出て、裏庭を見下ろす。干からびた芝生、円形のトランポリン、貯水用タンク。家族全員で住んでいた頃とほとんどなにも変わっていない。姉貴が、あんな大きな木、あったっけ？　と言いながら、椿の木の下を指さした。

「あの大きな石、なに？」

おれがチロのお墓、って言うと、姉貴は、そうだったんだ、って口を噤《つぐ》んだ。

「チロ、死んじゃったんだ、ほんとに」

もう何年前の話だよ、遅《おせ》えんだよ、っておれは思ったけれど、姉貴はチロが死んだのを自分の目で見てないせいか、何年経っても信じられないみたいだ。

「死んだんだよ、ほんとに」

おれが念を押すように言うと、うん、って、姉貴は涙をぽろりと落とした。嫌がるチロをお風呂に入れるのは姉貴の役目で、お風呂に入れた後も、爪を切ってやったり、目の周りの毛を短くカットしてやったり、耳の中を綿棒で掃除してやったり、手のかかることは姉貴が全部やってくれていた。おれはただの遊び相手だった。

「な、せっかくだから、どこか行こうか？　行きたいところある？」

おれが慰めるように訊くと、とたんに元気になって、ちゃんとネットで調べてきたわよ、「ユーレカタワー」に上ってみたい！　「ペンギン・パレード」もマストよね？　って、前歯を覗かせてニカッと笑った。

いまさら観光客かよ、っておれが言うと、そうよ、私、観光客だもん、って、潔く認めた。

それから数日、四〇度の暑さが続いた。そのあいだは、家でダラダラしたり、クーラーのきいているショッピング・センターで姉貴の買い物につきあったりした。ようやく二人で観光客をやったのは、姉貴が日本に帰る前日だった。

ユーレカタワーの地上三百メートル近くにあるスカイデッキから、メルボルンの街を三百六十度見下ろして、フィッツロイ・ガーデンにあるキャプテン・クックの家を見たあと、ロイヤル・アーケードにあるカフェに入る。この辺り一帯は、姉貴のネット情報によると、落ち着いた雰囲気のある、アンティークでオシャレなスポット、ってことらしい。観光客の集まるチャラチャラした場所っていうイメージが強くて、今まで一度も、そんなふうに考えたことがなかった。

「ね、あれ、もしかしてホームレス？」

昼でも薄暗い通りの片隅に、毛布がこんもりと盛り上がっているのが見える。姉貴は目のやり場に困ってる感じだった。スワンストン・ストリートにもいたし、バーク・ストリートにも何人かいたよな、これでも昼間だからまだマシ、夜になったらもっとすごい数になる、っておれ。

「このあたり、毎週来るんだ」

「何しに？」

「学校のボランティア。このごろ、すごく増えてるんだぜ、ホームレスの人たち。あの人たちの中には、ドラッグやアルコール問題で苦しんでいる人もいるし。おれたちにできることっていったら、ホットドッグとコーヒー配って、喋ったりするだけなんだけどな。食べ物を配るのも大事だけど、話しかけるのはもっと大事だって言われてる」

えっ、と姉貴が驚いて、カプチーノの泡を受け皿にこぼした。「カフェ・カルチャーの街」ってネットに書いてあったってはしゃいで、最初はエスプレッソにちょっとミルクをたらしただけのマキアートをオーダーしたけれど、姉貴には苦すぎたらしい。

「ね、ここ、世界一住みやすい街なんじゃないの？　ネットにはそう書いてあったよ」

ふうん、そうなんだ、っておれはなるべくふつうに返事した。返事をしながら、ボランティアにくるたび、ホームレスの人が、おれたちの手から食べ物を受け取るときの押し黙ってうつむいた顔をおれは思い出さずにはいられなかった。あの顔を見ていると、いいことしているのか悪いことしているのかわからなくなる。それに、学校のディベートにしろ、「若者の就職難」とか「移民政策」とか「物価と不動産の高騰」とか、旬の社会問題が取り上げられると、教室中いつも大騒動になる。「For《賛成》」と「Against《反対》」のチームに分かれて、それぞれ資料も揃えて、リサーチも万端で、リバ《反》

ット《論》もあの手この手で用意して戦闘態勢に入るんだけど、最初のうちは双方行儀良くやっていても、だんだんアツくなってくると、思わず個人の本音が出てきたり、冷静でいられなくなったりして、だれがどちらかわからなくなる。「おれたち若いやつに仕事が回ってこないのは、年寄りがいつまでも自分たちの仕事を手放さないからだ」「人口が増えて、家も物価も高すぎるから、それは仕方ない」「移民がおれたちの仕事を奪ってるせいだ、まともに英語も喋れないくせに、あいつらに仕事を横取りされて、ここで生まれて教育を受けたおれたちがあぶれるなんて、こんなアンフェアあるかよ!?」。みんな、なんでもなさそうな顔をしているけど、内心イライラしてるんだなって思う。ま、おれたちみたいなティーンエイジャーでもこうなんだから、税金を払っている大人たちなんか、もっとイライラしているはずだ。みんなの本音を聞けるってことは、おれがここの人間だって思われている証拠なんだろうけど、おれは日本のパスポートしか持っていないし、今年ここで十八歳になって、周りからは成人って認められても、ＪＪやキーランやジェイクみたいに選挙権はない。おれはただ、「異邦人の観察者のごとく」眺めるしかない。

だから、世界一住みやすい街って言われても、おれはなんとも答えられない。姉貴の話を聞いていると、だんだんと、この街について、おれはネットに書いてないことしか知らない気がしてきた。逆に、姉貴はネットに書いてあることしか知らなそうだし。だけど、おれは、都合のいいことも悪いことも、自分の目で見たこと、自分の耳で聞いたこと、自分で調べたことしか、もう信用しない。姉貴が飲み残した、見るからに苦そうなマキアートを一口飲んだ。舌の上で、誤解が旨味に変わった。

そのあと、夕方からフィリップ島の「ペンギン・パレード」半日ツアーに出かけて、夜の十一時頃、街中に戻ってきた。遅くなったら、シティのどこかに泊まるって父さんには伝えて出てきたけど、姉貴は明日の朝のフライトで日本に帰ることになっていたので、フリンダース・ストリート駅からちょうどホームに滑り込んできた最終の列車に飛び乗った。

家についたときには、もう真夜中だった。ジリジリと虫の声が前庭の生け垣から聞こえてくる。頭の真上から降り注ぐ月の光のスポットライトのもと、ポケットから家の鍵をだす。ドアノブの鍵穴に片手で突っ込もうとしてかがみこむと、女物の靴が目に付いた。すぐに植木鉢のうしろへ押し込む。

「なに、これ？」

振り返ると、姉貴が小さな靴を片手でつまみ上げていた。

「だれの靴？」

水色のドレス、ティアラ、それから靴。エイプリルが、クリスマスの何ヶ月も前から、「わたしはいい子にしています、だからエルサの変身ドレスセットをください」ってサンタクロースにお願いしていた。クリスマス以降、エイプリルはこの靴しか履かないのよ、エルサになりきってるのね、あの子の幼稚園のお友だちもみんな、「エルサ」になりたがるのよ、「エルサ」はきれいなブロンドだからかしらね？　って、アナベルが苦笑いしていた。そして、シンジは、素敵なサンタクロースだわ、っておれに耳打ちした。

「……エルサ、だったと思う」

月明かりの下で、靴のつま先のスパンコールが光った。

「ホンモノのお姫様はこんな子どもだましの靴、履かないわよ」

姉貴はおれを押しのけると、植木鉢の後ろにおれが隠した女物の靴を引きずりだした。それから、女物も子どもの靴もその場にたたきつけるなり、おれの手から家の鍵をひったくった。ガチャガチャと鍵を回す音がして、ドアが開いた。姉貴は靴を履いたまま、家の中に入っていった。おれも姉貴を追いかけて、靴のまま廊下を歩いた。

廊下の奥で、ノックの音がした。

「お父さん」

おれも父さんのベッドルームの前まで来ると、姉貴は狂ったように再びドアをノックし始めた。

「姉ちゃん、やめろよ」

ノックをやめない姉貴の手首を摑んで、おれがそう言ったとたん、ドアが開いた。バスローブを羽織った父さんが出てきた。ドアの隙間から、アナベルがベッドの上で蹲《うずくま》っているのが見えた。

「つかさ、話がある」

廊下の薄闇を味方にして、父さんは落ち着き払っていた。姉貴が振り返っておれをキッと睨み付けた。

「真人」

「なに」

「あんた、知ってたんだ」

「人に言える内容じゃねえだろ」

それもそうよね、父親とその愛人とひとつ屋根の下なんて、お笑いにもならないわよね、と、姉貴は納得顔で父さんに向き直ると、唇を震わせた。

「許せない……！　さんざん好き勝手しておいて、今度は女？」

「つかさ、聞いてくれ。真人も聞いてくれ。父さん、アナと一緒になるつもりだ」

「浮気じゃなくて、本気だって言いたいの!?」

「お母さんとは別れる。そうしたかったんだ、もうずっと前から」

姉貴が大声で父さんに嚙みついた。

「お父さんと別れたかったのは、お母さんの方よ！　もうずっとずっとずっと前から！　こっちに来る前から！」

冷静だった父さんがたじたじとなった。おれもたじたじとなった。いつも飄々《ひょうひょう》としていて、人の悪口も言わず、うわさ話もほとんどしない姉貴。その姉貴がこんな金切り声を出すの、初めて聞いた。女の子がベソをかきながら駆け寄ってきた。いつものように、隣の姉貴の部屋で眠っていたらしい。父さんが女の子を抱っこする。姉貴の顔がひきつった。おれといえば、おかしなことに、一瞬、キャンベル先生の部屋で見た写真を思い出してしまった。お父さんとお母さんと小さな娘。おれはアナベルとエイプリルが急に気の毒になった。おれたちが加わるだけで、「夫」と「父親」が知らない男に変わる。

父さんがエイプリルの頭を撫でながら、姉貴に向かって言った。

「この子を見てると、おまえが小さい頃のこと思い出すんだ。真人もまだ小さな赤ん坊でさ……。ふたりとも可愛かった。お母さんも……、遼子《りようこ》も、可愛かった。おれを頼って、真治《しんじ》さん、っていつも。お母さんは変わったよ」

それを聞くと、姉貴の声は金切り声から悲鳴になった。

「お母さんが変わったなんて、よく言えるわね？　お父さんが変わらないから、お母さんが変わるしかなかったのよ！　お父さんが出向になって、社宅にいられなくなって、それで、ムリして三鷹の家を買って、家のローンを払うのに、お母さんが働きに出たんじゃない。運良く本社に戻れたあとは、家のことはほとんどお母さんに任せきり、それなのに、ちょっと気に入らないことがあると、『家族を養ってるんだ』って、『きみにはわからない』って、なんでもお母さんのせいにして、正論を並べ立ててお母さんを追い詰めて、なにもかも、イヤなことはみんなお母さんに押しつけて……。お母さん、そのたびに、ひとりで悩んで、ひとりで苦しんで、ひとりで泣いて……。私、全部見てきたんだから！　九州のおばあちゃんを最後まで看取ったのも、お母さんだったじゃない！　真人、おばあちゃんの手術の日、この人がなにしてたか知ってる？」

あれは、仕事で、まさか、あのまま、ってお父さんが言いかけたのを、姉貴が遮った。

「なんでも仕事で逃げるんじゃないわよ！　この人にかかると、休みの日にひとりでゴルフの打ちっ放しにいくのも仕事、友だちと飲みに行くのも仕事、カラオケも麻雀も仕事。休日にも仕事で接待だか何だかしらないけど、お父さんがクーラーのきいた高級料亭だかレストランだかで仕事で飲み食いしているあいだ、お母さんは「電気代がもったいない」って扇風機もつけないで、蒸し風呂みたいな部屋の中で、前の日の残りのおかずを食べてたのよ！　全部、会社のせい、仕事のせいって、お母さんを黙らせて、ずるいのよ！　おばあちゃんが倒れたときだって、お母さんは自分の仕事を放り出して、東京から熊本まで駆けつけて、そのまま何週間もおばあちゃんに付き添ってたっていうのに……、そのおかげで仕事を長く休んで、職場にいづらくなって、転職しなきゃならなかったっていうのに……。そのことで、お母さんが、一度でも文句言ったことある!?　お父さんの生活はどこへ行こうがいつも何一つかわらないのに、お母さんの生活はどこへ行ってもいつもお父さん次第、お父さんの一挙一動に振り回されてきたのよ！」

「親に向かって何て言い草だ!?　おれが遊んでいたっていうのか？　仕事だったんだぞ！」

「またそれ！　家の中でパワハラしないでくれる!?　お父さんが遊んでたなんて一言も言ってないじゃない！　私はね、少しはお母さんをいたわってやれば良かったって言ってんのよっ！　いつまでたってもそんなだから、愛想尽かされてトーゼンね！　真人、この人、自分の親が死にかかってるってときに、仕事《しごと》でゴルフに行ったんだよ!?　お母さんは自分の親の死に目には会えなかったっていうのに……こっちにいたせいで！」

お母さん、たぶん、お父さんとやり直したくて、こっちについてきたのよ……、海外旅行もしたことない人が……。お父さんはよく働いてよく遊ぶ人だけど、女だけは作らないって、お母さん言ってたわ、すごく嬉しそうに……、お母さん、バカじゃないの……、って、姉貴は全身を震わせて、声を詰まらせた。

「お父さんが死にかかっても、私はお父さんに会いに来ない！」

姉貴がそう怒鳴ったとたん、父さんが姉貴を打《ぶ》った。アナベルが飛んできて父さんの腕にすがりつくと、やめて、やめて、やめて、と喘ぐように言った。姉貴は床にぺたりと座りこんで、こんな家、もう一秒もいたくない、っておれに向かって喚き散らした。わかった、荷物持って出ろよ、っておれは答えた。

「つかさ、すまない……」

父さんはなんどもそう繰り返して、姉貴の後ろ姿を目で追ったけれど、その場に立ち尽くしたまま、追いかけようとはしなかった。

「あんた……、せめて、姉貴の前では、最後まで父親やっててやれよ！」

おれはそう怒鳴って父さんの全身を舐めるように見ると、キッチン・ベンチから車のキーをひっつかんで、玄関からスーツケースを持ち出そうとしている姉貴のところに駆け寄った。

まさか、こっちで運転するとは思わなかったぁー、国際免許持って来てよかったー！　こっちも右ハンドル、ラッキー！　おい、このあと、この車どうやって運転して帰れっていうんだよ？　あんた、もう運転できるんでしょ？　できるけど、十八になるまで、一人では乗れないんだよ。言っただろ？　いいじゃん、運転して帰れば。この時間だと、まだ道路もすいてるし、余裕でしょ？　そういう問題じゃねえったら。

父さんの車を姉貴が運転して、おれのナビで空港に向かう。家を出たときは興奮していて、帰りのことまで気が回らなかった。真夜中の道はがらんとしていて、いつもだったら一時間以上かかるのに四十分程度で着いてしまった。フライトは朝の六時。まだまだ時間がある。

「ね、おなかすいちゃった、なにか食べない？」

姉貴がスーツケースを引きずって開いているお店を探したけれど、空港ロビーは出発客や到着客で賑やかでも、さすがにこの時間はカフェも売店も土産物屋も、ほとんど閉まっていた。

「なんか疲れちゃった」

「おれも」

おれたちはベンチに腰掛けた。なかなか楽しかったわ、と姉貴がシニカルに笑って見せた。だろ？　って、おれもおどけてみせる。姉貴とおれは顔を見合わせた。目が合うと、クスクス、って同時に笑えた。姉貴のクスクスがグズグズになった。

「お母さん、お父さんとは絶対別れないわよ」

「なんで？　ふたりとも別れたがってんじゃん、話が早くていいじゃん」

おれがそう返事すると、姉貴は、あんたってやっぱり男だよね、なるべく多く子孫を残すように体ができてんのよね、ついでに頭の中も、って、ぶつぶつ言う。父さんだって、あれでいろいろあるんだよ、姉ちゃんは実際に見たことないからわかんねえんだよ、姉ちゃんの想像以上に苦労してんだよ、それにアナベルがいなかったら、あの人、今頃アル中か、それこそ、ホームレスになってたぜ、って、姉貴に言いながら、その類のことに関しては、おれは何ひとつ、父さんの手助けをしてやれなかったなってひとりごちた。大口の商談がまとまって以来、なんとか仕事は持ち直してる。低所得者向けの適用申請をしてくれたのも、公共料金や医療費の割引が受けられるように手配してくれたのも、アルコール依存症専門のクリニックと無料のカウンセリングに父さんを連れて行ったのも彼女。ここで、みんなが当たり前のように利用している制度も特典も福祉サービスも、未成年で外国人のおれときたら、なにひとつ知らなかった。それもこれも、アナベルが本気で父さんの心配をして、力になってくれたおかげだって、おれだってよくわかってる。父さんが「浮気じゃなくて本気」になっても、なんら不思議じゃない。いまのおれにできることで、アナベルにできないことはない。

——ごめん、父さん。おれにとって父さんは使えない親だったけれど、父さんにとってもおれは使えない息子だったんだ。おれたち、下手をしたら、あの本に出てきた父と息子たちみたいになったかもしれない。みんな親と子で、あの惨状を生き残るための同志だったはずだ。父さんとおれも同志のはずだ。だけど、おれは、ひとかけらのパンを奪い合って、父さんと殺し合いなんかしたくない。

「おれの出る幕なんか、もう、ねえよ」

おれがそうつぶやくと、そういうこと言ってると、あんたも私みたいになるわよ、って姉貴はしょんぼりと肩をすくめた。そして、ああ、それにしてもキモい、キモいっ、キモいったらキモいっ！　あの歳で女を作るなんて！　って、姉貴は頭をかきむしって大声を出した。

「でも、まあ、あれで、なかなか隅に置けないみたいね、あの人」

そして、ハッとしたようにこっちを振り返ると、おれをまじまじと見た。

「……真人。あんた、彼女いるの？　案外、モテるとか？　……ちょっと、まさか、あんたまで……！」

「ハァ!?　おまえ、おれにまで何フッてんだよ？」

おれが内心ドギマギしながらはぐらかすと、フン、って姉貴は鼻を鳴らして、にんまりした。

「お父さん、モテたんだって。彼女になったときは、嬉しかったって。お母さんがそう言ってた」

チェックインを済ませると、売店がひとつ、開いた。スーツケースを預けて身軽になった姉貴は自分にはカプチーノ、おれにはエスプレッソをていねいな教科書英語で注文してくれた。ベンチで黙ったまま飲み終えると、姉貴が立ち上がった。

「それじゃ、行くわ」

「まだ時間あるじゃん」

「いいの。あんたといると、なんか、もう」

カプチーノの入っていた紙コップを片手でくしゃりと握りつぶすと、おれの胸に押しつけた。そのまま、出国用の大きな銀色のドアに向かって、まっすぐ早足で歩いて行く。おれは二人分の紙コップをゴミ箱に捨てて、早足で姉貴を追いかけた。銀色の大きなドアの前に張ってあるロープの近くまで来ると、おれをくるりと振り返った。

「ごめんね、真人」

「なにが？」

「私、いままで、あんたのこと、お父さんと同じでやりたい放題だと思ってたよ。私はお母さんの言うことをきいて、こんなにいい子にしてるのにって」

姉貴の唇が震え出す。なんだよ、急に、っておれは姉貴に一歩近づいた。

「いつもあんたばっかり、なんでって。お母さん、あんたがこっちに残ることあんなに反対してたのに、今じゃ、ジマンしちゃってんのよ、「しっかりしていて、よく出来た子なんです」って。私、お母さんにあんなこと言ってもらったことなんて、一度もないよ。いつも「つかさはお姉ちゃんなんだから」って……。阿佐谷のおじいちゃんおばあちゃんにしたって、あんたのことはたった一人の男の孫ですっごくかわいがってたし……。だから、正直、あんたなんか、こっちで失敗すればいい、それで負け犬になって、今度こそお母さんの言う通り日本に帰ってきて、笑いものになればいいのに、とか思ってた。ひどいでしょ」

姉貴の目から涙が落ちた。つけまつげなしでも、姉貴のまつげは十分長い。まつげの先から、ひどく重そうな楕円形の水滴をしたたらせている。その横顔には、さっき父さんに打たれた痕がはっきりと残っている。おれ、今まで姉貴のこと、母さんの言いなりになって、なんにも考えてないノーテンキなやつとか思ってた。姉貴は、おれが知らないあいだ、おれがいないあいだ、おれが自分のやりたいようにやっているあいだに、母さんのそばにずっといて、見たくないことをぜんぶ見てきた。だから、母さんが可哀想で、ずっと「いい子」の役をやっているうちに、母さんから離れられなくなって。おれは無言で姉貴を見つめた。

なんだか、これって、女泣かせているみたいだなと思って、おれはあわてて周りを見回した。だけど、銀色のドアの前に警備員のおじさんがいるだけだった。どうやら、こういうシーンは見慣れているらしく、こちらを見て見ぬ振りをしている。

「もう、どうしていいかわかんないよ。私しか、お母さんの味方してあげられない、お母さんを喜ばせてあげられるのは私しかいないと思って、今まで、ずっとお母さんの言うことを聞いてきたから、もう自分でなんて決められないよ。お母さんなしで、私、いまさら、どうすればいいのかわかんない。どうしよう、真人」

おれだって、今まで、何度、だれかの言うこと聞いてみたいと思ったかわからない。自分で選ばなくても済む。自分で決めなくても済む。自分のせいにしなくても済む。でも、それじゃ、何にも考えない、何にも感じない、心臓動かして息してるだけになりそうだ。死んでるみたいに生きているなんて、やっぱ、ゾッとする……！

ガラスのドアのむこうが明るくなってきた。今日もまた一日が、始まろうとしている。地面の下では、夏の太陽が、出番をいまかいまかと待ち構えているはずだ。おれはガラスのむこうを眺めながら、しばらく、姉貴がグズグズいうのを聞いていた。もう泣くなよ、カワイイ弟がいるじゃん、とおれが言うと、姉貴は、あんたはカワイイじゃなくてキモカワでしょ、って、目尻をつり上げた。姉貴は手の甲で涙をぬぐうと、仕方なさそうに笑って、じゃあ行くね、真人、っておれを見上げた。

「ハグ？」

そう言っておれが両手を広げると、弟とハグ!?　って、姉貴はギョッとした。おれが、こっちじゃ、こんなのフツーだぜ、ってきょとんとすると、そういうのが外国かぶれでウザイのよ、あんた、人の目を気にしながら生きるなんて、もうできないでしょ？　人に迷惑かけたり、人に笑われたりしないように、なるべく人と同じように見えるようにして生きるのが、日本人の基本なんだよ？　ま、その調子じゃ、日本にはもう絶対に住めないわね、ってニヤニヤした。そして、黒いリュックを背負った背中を見せると銀色のドアの前に立った。自動ドアが開いたとたん、姉貴がさっとこちらに駆け寄ってきて、つま先で伸び上がると、おれに向かって両手を伸ばした。おれも姉貴に向かって両手を広げた。姉貴の頭のてっぺんに、つむじがふたつあるのが見えた。

次の瞬間、姉貴はぱっと体を離すと、銀色のドアの向こうにすり抜けていった。

到着便のアナウンスが流れる中、ガラスのドアをくぐりぬけて、おれはたったひとりで空港の外に出た。おれの目前で、いよいよ出番を迎えた夏の太陽が、都会の谷底を赤く染めていく。あの血だまりのなかで、今日もおれたちはあがきながら生きて、あっけなく死ぬ。熱風にあおられて、息が苦しくなってくる。体が焦げついたように動かない。おれは立ち止まった。おれも姉貴のこと言えねえな、姉貴の言うように、もう日本には住めない、日本人の基本なんてとうの昔になくなってる、それに、こっちでも、いつまでも、なんだかなぁ、みたいな。おれもどうしていいかわかんねえな……。額に滲んだ汗を手の甲で拭った。そうして振り返ると、ガラスのドアに死に損ないの顔、瀕死の自由が映っていた。

すぐ目の前にスカイバスが停車する。大勢の人が降りてきた。顔、顔、顔。思わずあいつの顔を探す。おれを「ジャップ」と呼ぶ、不特定多数の顔を。どの顔も、あいつの顔に見えてくる。おれは、待機中の表情と死にもの狂いの沈黙を頭上の空に送る。するとおれを憎み蔑み呪うその顔たちが、「おれと友だちになっていたかもしれない」不特定多数の顔たちにも見えてきた。

——このまま、ひとりで車を運転して帰ろうか、それとも父さんを呼ぼうか、それとも友だちに迎えにきてもらおうか。それとも、あの見知らぬ人たちのだれかに声を掛けてみようか。

深く息を吸った。手を伸ばして、肘のひきつれた皮膚に指先で触れた。こんなのただの火傷、だけど、この世でたったひとつの、おれの。そう無言で唱えたとたん、消えることのない刻印は指先から血脈に流れ込み、燃えさかる炎の鳥となって全身を駆け巡ったあと、天空で慎ましく光る明けの明星になった。

やがて、見慣れた街の見知らぬ顔たちに囲まれながら、乾いた風の吹く一日の始まりに向かって、おれはふたたび歩き始めた。

謝辞

完成までの道のりを支えてくださったみなさまに、今いちど、お礼を申し上げます。

ハイスクールの演劇科・英語科で長らく指導にあたってこられたロンとカーリン、ＪＨＣ（ジューイッシュ・ホロコースト・センター／メルボルン）のボランティアのみなさまと生存者のＣさん、ヴァイオリン教師のベン、熊本ことばをご教示いただいた順子さん、そして、学校生活・若者ことば・文化面でアドヴァイスをくれた家族とその友人たち。

冒頭の一文から締めくくりの一文に至るまで、辛抱強く伴走してくださいました集英社「すばる」編集部の岸優希さん、羽喰涼子さん、そして、文芸書編集部の中山慶介さん。

非力という私のなかの大きな空洞を、これら敬愛する人々への感謝の言葉で埋め尽くすことを、どうか許してください。

ありがとうございました。

筆者

【引用文献】

＊エリ・ヴィーゼル著『夜［新版］』（村上光彦訳、みすず書房、二〇一〇）

【参考文献】

＊ジャック・ルコック著『詩を生む身体―ある演劇創造教育―』（大橋也寸訳、而立書房、二〇〇三）

＊Chakman, Sabrina, *Insight Text Guide—Elie Wiesel's Night*, Insight Publications, 2015.

＊Meaney, Neville, *Towards a New Vision: Australia and Japan Across Time*, University of New South Wales Press, 2007.

＊Newman, Carolyn, ed., *Legacies of Our Fathers: World War II Prisoners of the Japanese—Their Sons and Daughters Tell Their Stories*, Lothian, 2005.

＊Reeson, Margaret, *A Very Long War: The Families Who Waited*, Melbourne University Press, 2000.

＊Wiesel, Elie, *Night*, Hill and Wang, 2006.

＊Australia's Pearl Harbor—The Bombing of Darwin By Hundreds of Japanese Aircraft
https://www.warhistoryonline.com/instant-articles/australias-pearl-harbor-the-bombing-ofdarwin-xc.html

* Darwin Military Museum. http://www.darwinmilitarymuseum.com.au
* Drama I Curriculum. http://wgdramaclass.blogspot.com
* Drama—Victorian Certificate of Education. Study Design Accreditation period 2014—2018. https://www.vcaa.vic.edu.au/documents/vce/drama/drama-sd-2014.pdf
* Sovereign Hill Education The Chinese in Ballarat Research Notes for Secondary Schools. https://education.sovereignhill.com.au/media/uploads/SovHill-chineseballarat-notes-ss1.pdf
* The Original Gold Rush Colony. http://www.goldrushcolony.com.au
* AUSTRALIAN WAR MEMORIAL. https://www.awm.gov.au
* ABC NEWS. Bombing of Darwin: 70 years on. http://www.abc.net.au/news/2012-02-17/bombing-of-darwin-anniversary-special-coverage/3834410

初出　「すばる」2018年2月号
単行本化にあたり、加筆・修正を行いました。

装丁　大久保伸子
装画　吉實恵

岩城けい（いわき・けい）

大阪府生まれ。2013年に「さようなら、オレンジ」で太宰治賞を受賞しデビュー。14年、同作で大江健三郎賞を受賞。17年、『Masato』で第32回坪田譲治文学賞を受賞。そのほかの著書に『ジャパン・トリップ』がある。在豪25年。

Matt《マット》

2018年 10月10日　第1刷発行

著　者　岩城《いわき》けい

発行者　徳永 真

発行所　株式会社 集英社

〒101-8050　東京都千代田区一ツ橋2-5-10

電話　03-3230-6100（編集部）

03-3230-6080（読者係）

03-3230-6393（販売部）書店専用

印刷所　大日本印刷株式会社

製本所　ナショナル製本協同組合

ISBN978-4-08-771164-6 C0093

定価はカバーに表示してあります。